창귀무쌍 4

2024년 1월 5일 초판 1쇄 인쇄
2024년 1월 10일 초판 1쇄 발행

지은이 송장벌레
발행인 김관영

기획 이기헌 왕소현 임동관 박경무 강민구 조익현
책임편집 김홍식
마케팅지원 이원선

발행처 (주)로크미디어
출판등록 2003년 3월 24일
주소 서울시 마포구 마포대로 45 일진빌딩 6층
Tel (02)3273-5135 **Fax** (02)3273-5134
홈페이지 rokmedia.com **E-mail** rokmedia@empas.com

© 송장벌레, 2023

값 9,000원

ISBN 979-11-408-1800-6 (4권)
ISBN 979-11-408-1784-9 04810 (세트)

차귀무장

송장벌레 신무협 장편소설 ④

차례

여장 (2)

파등선 한 척이 살얼음을 깨고 물살을 가른다.

강바람이 차다.

갑판 위를 돌아다니는 선원들은 자신의 코와 귀가 떨어져 나가지는 않았는지 한번 만져서 확인해 본다.

배 안쪽의 선실에는 장강행(長江行)을 선택한 기녀들이 옹기종기 모여앉아 있다.

옷을 벗고 이를 잡아서 호롱불에 그을리거나, 창밖으로 요강 속에 담긴 오줌똥을 버리는 이들 사이에 추이와 해백정이 끼어 있었다.

"후우……."

해백정은 얼굴을 가린 면포 아래로 한숨을 푹 내쉬었다.

"한때 내가 머물던 곳인데, 이제는 숨어서 들어와야 하는 처지라니……."

어린 나이에 심후한 공력과 무술 실력을 쌓기까지, 그녀는 장강의 물길과 산길을 수도 없이 쏘다니며 훈련을 해야 했다.

문득 자신을 이 경지까지 훈련시켜 준 스승의 얼굴이 떠오른다.

해백정은 면포 자락으로 눈물을 닦았다.

"스승님이 돌아가셨을 리 없어. 분명 살아 계실 거야. 그렇게 강하고 의로우셨던 분이……."

"스승이라 하면. 장강수로채의 채주 공제환을 말하는가?"

추이의 질문에 해백정은 천천히 고개를 끄덕였다.

거정(巨丁) 공제환. 그는 사도련의 큰 기둥이라 불리는 호걸이다.

비록 도적이지만 가난한 이들의 재물은 털지 않고, 부정하게 재산을 축적한 이들의 것만을 털어 굶주리고 약한 자들을 구휼해 왔던 의적(義賊).

하지만 뜻이 다른 이들과는 절대로 타협하지 않는 데다가, 저항하는 자들을 워낙 잔인하게 다루는 까닭에 세간의 평가는 극과 극으로 갈리는 편이었다.

물론 그 역시도 추이가 강호 활동을 하기 전에 이미 죽고 없어진 인물이었기에 아는 바는 많지 않았다.

'아마 이 해백정이라는 여자 역시도 마찬가지였겠지.'

만약 추이가 아니었더라면 해백정은 자신을 추격해 온 장강수로채의 수적들에게 잡혀 죽었을 것이다.

그렇다는 것은, 회귀하기 전 추이의 원래 운명에서는 그녀 또한 진작에 죽고 없어진 인물이라는 뜻.

추이는 그렇게 생각했다.

해백정이 자신의 본명을 말하기 전까지만 해도 말이다.

"아. 그러고 보니 우리 지금껏 통성명도 안 했네. 피차 언제 어디서 죽을지도 모르는데, 산 사람이 죽은 사람 기억이라도 해 줍시다."

"……."

"내 이름은 적향. 너는?"

"……!"

뜻밖의 이름에 추이는 감았던 눈을 떴다

아는 이름이었다.

"뭘 그렇게 봐? 이름이 뭐냐니까?"

"……."

눈을 동그랗게 뜬 그녀의 얼굴을 추이는 가만히 들여다보았다.

기억이 서서히 떠오른다.

원래 알던 얼굴과 지금 눈으로 보고 있는 얼굴이 천천히 하나로 합쳐지고 있었다.

적향(翟珦).

산채 내의 별호는 해천두(亥千頭).

수적을 싫어하는 이들에게는 해백정(亥白丁).

하지만 추이는 향후 그녀가 다른 별호로 불리게 될 것을 알고 있었다.

혈측천(血則天).

무림사 최악의 여걸(女傑)이자 괴걸(怪傑)의 본명이 바로 적향이었다.

'……심지어 만나 본 적도 있었지. 두 번이나.'

추이는 회귀하기 전 그녀를 만났던 적이 있었다.

첫 번째는 일 차 정사대전(定私大戰) 당시에, 그리고 두 번째는 삼 차 원마대전(元魔大戰) 당시였다.

한때 정파와 사파가 치열하게 뒤엉켜 싸우던 시절이 있었다.

중원무림의 질서를 다시 세우기 위한 이념과 이념, 칼과 칼의 전쟁.

그때의 추이는 사파의 최전선에서 창을 잡았었다.

무림맹의 무인들과 사도련의 무인들이 서로를 죽이고 또 죽이던, 수없이 많은 젊은이들이 매일매일 벌레처럼 스러져 가던 피의 전선.

그 당시 추이는 사도련의 무사들을 수도 없이 찢어 죽이던 무시무시한 여고수 한 명을 먼발치에서 목격했던 바 있었다.

정도 소속이 아님에도 불구하고 사도의 무인들을 무자비하게 도륙 내던 그녀에게 그날 이후 붙은 별호가 바로 '혈측천'.

'피를 뒤집어쓴 측천무후(則天武后)'라는 뜻인데, 역사상 최초이자 유일했던 여황제의 시호를 별호에 붙여 주었을 정도면 그녀의 위용이 어떠했을지 얼추 짐작이 가는 바이다.

사방팔방으로 휘날리던 붉은 머리카락.

사도련의 무사들을 장작처럼 쪼개 놓았던 도끼.

머리카락 사이의 눈으로 이글이글 뿜어져 나오던 증오.

그 당시 혈측천이 어떤 연유로 전쟁에 참여하여 사도련의 고수들을 도살했는지, 그것은 그 누구도 알지 못하는 무림사의 신비 중 하나였다.

그 이후 그녀는 십수 년 동안 종적을 감추었다가 훗날 중원과 마교와의 전쟁에서 또다시 모습을 드러내게 된다.

그때의 혈측천은 파촉(巴蜀) 부근에 자신의 영역을 정해 두고 있었던 것으로 추정되었는데, 자신의 영역에 들어온 정도의 고수와 마도의 고수를 가리지 않고 무자비하게 학살함으로써 다시 한번 무림을 뒤집어 놓았다.

오죽했으면 그녀 한 명 때문에 마교의 중원 침공군 전체가 파촉 지역을 피해 우회했을 정도였다.

그 당시 은근히 마교의 편을 들었던 추이는 우연히 파촉도(巴蜀島)라는 지역에서 혈측천과 마주했던 적이 있었다.

정사대전 당시보다 훨씬 가까운 거리에서였다.

그때의 그녀는 온몸에 피를 뒤집어쓴 상태로 숨을 거칠게 몰아쉬고 있었다.

얼굴에는 무수한 칼자국들이 그어져 있었고 몸에는 화살들이 수도 없이 박혀서 체형을 짐작할 길도 없었다.

바닥에는 정파의 무인, 사파의 무인, 마도의 무인들이 공평하게 죽어 나자빠져 있었기에 그녀가 셋 중 어디의 소속도 아님을 알 수 있게끔 했다.

'......'

'......'

추이는 그 괴물 같은 여자와 맞상대를 하고 싶지 않았기에 그대로 발걸음을 돌렸고, 혈측천 역시도 그런 추이를 가만히 노려보다가 제 갈 길을 갔던 적이 있다.

자신 쪽에서 먼저 싸움을 꺼렸던 적은 극히 드물었기에 추이의 기억은 더더욱 선명했다.

그 뒤로 들려온 소식은 원마대전이 끝난 직후, 혈측천이 사도련에게 생포당하여 압송된 끝에 사도련주에 의해 친히 능지처참(陵遲處斬) 당했다는 것이었다.

'그 혈측천을 길러낸 고수가 누구일지 궁금했는데. 장강수로채의 채주 공제환이었군.'

추이는 눈앞에 있는 혈측천, 아니 적향을 가만히 바라보았다.

기억 속 혈측천의 모습과 달리 눈앞의 적향은 맑고 깨끗한 얼굴을 하고 있다.

비록 지금은 부모와 스승의 원수를 갚고자 발버둥 치고 있으나, 그것은 그녀가 원래 맞이했어야 할 가혹한 운명에 비하면 요람 속 잠투정에 불과한 것이다.

이렇게 젊고 풋풋했던 그녀가 대체 무슨 일을 겪게 되는 것일까?

어찌하여 전생의 기억 속, 그토록 처절하고도 무시무시한 몰골로 변해 버리는 것일까?

추이는 지금껏 한 귀로 흘려들었던 그녀의 과거를 떠올렸다.

대장장이 부부의 딸.

정체불명의 세력가에 의해 억울하게 죽은 부모.

행방불명된 오빠.

그리고 지금. 그녀는 생사조차 모를 스승의 복수를 위해 사지로 걸어 들어가고 있다.

자신을 길러 준 은혜를 갚기 위해, 그리고 부모의 원수에 대해 듣기 위해.

"……."

추이는 문득 호예양을 떠올렸다.

전생에서 동고동락했던 그녀와 회귀 이후 만났던 그녀의 차이를 생각해 보면…… 지금의 적향이 앞으로 어떤 길을 걷게 될지가 대략적으로 그려진다.

이윽고, 추이가 입을 열었다.

"내 이름은 추이다."

"추이? 이상한 이름이네. 어디 출신이야?"

"묘족."

"그렇군. 나는 한족인데, 뭐 그런 게 대수겠어?"

해백정 적향. 그녀는 추이를 향해 손사래를 쳐 보였다.

이윽고 그녀는 진중한 표정으로 본론을 꺼냈다.

"아무튼. 지금 우리가 가는 곳은 장강수로채의 술(戌)채
야."

"거기에 인백정이 있나?"

"아니. 하지만 인백정이 비축해 놓은 군량미나 재화 등이
보관되어 있지."

즉, 모든 산채들의 요충지라는 뜻이다.

적향이 눈을 빛냈다.

"그곳을 불태울 수만 있으면 인백정, 그놈 눈깔이 아주 헤
까닥 뒤집어질걸? 만약 놈을 죽이는 것에 실패한다고 해도
큰 타격을 입힐 수 있을 거야. 이것만으로도 상당히 복수가
되는 셈이지."

"잘됐군. 그럼 그곳을 싹 다 불태우고 곧장 인백정을 찾아
가면 되겠어. 좋은 선물이 되겠지."

"그런데 그게 그리 말처럼 쉽지만은 않을 거야. 왜냐
면……."

추이의 대답을 들은 적향이 잠시 말끝을 흐렸다.

"거기를 지키고 있는 술백정이라는 놈이 거의 인백정만큼이나 강하거든."

"무공의 수위대로 서열이 정해진 것이 아닌가?"

"아니야. 서열은 그냥 스승님이 제자로 거두신 순서대로야. 물론 자 사형과 축 사형의 실력은 아무도 범접할 수 없는 수준이기는 한데……."

"자백정과 축백정의 실력은 인백정보다 강하다는 말이군."

"어. 훨씬 더 강해. 그래서 더 이해가 안 되는 거야. 스승님은 물론이고, 자 사형과 축 사형이 있는데 인백정 그놈이 어떻게 하극상을 할 수 있었는지 말이야. 그래서 내가 아까부터 계속 스승님은 살아 계실 거라고 말하는 거고……."

적향은 화장으로 가린 콧등의 흉터가 간지러운지 그 부분을 계속 긁었다.

지금 보니 콧등을 긁는 그녀의 손등에는 뻥 뚫렸다가 아문 듯한 흉터가 있었다.

"아무튼. 술 사형…… 아니 술백정 놈의 산채에는 유독 부하가 많으니 조심해. 천두 밑에 열두 백두, 백두 밑에 열두 십두, 십두 밑에 열 명의 수적들이 있다는 것 정도는 알지?"

"그래 안다."

"내 산채에 있던 십두급들이 대거 술백정 놈의 산채로 넘어갔다고 하더라고. 그래서 부하들의 수가 족히 두 배는 될 거야. 그 외에도 요즘 죄를 짓고 도망다니는 범죄자 놈들이 다 투신하고 있다던데…… 지금쯤은 병력이 얼마나 될지 가늠도 안 돼."

적향은 걱정스럽게 말했다.

하지만 추이는 조금도 신경 쓰지 않는 기색이었다.

"상관없지."

"?"

"적은 많으면 많을수록 좋아."

"??"

"그래야 내가 더 강해진다."

"???"

추이는 더는 말하지 않았다.

창귀를 흡수할수록 강해지는 창귀칭의 원리를 어찌 설명하겠는가.

그러니 적향은 그저 손가락을 자신의 관자놀이에 대고 빙글빙글 돌릴 수밖에 없는 것이다.

바로 그때.

"조심해!"

저 위에서 선원들의 비명 소리가 들렸다.

늘어져 있던 기녀들이 갑자기 화들짝 놀라 일어났다.

그러고는 황급히 이불이나 봇짐 등을 머리 위로 올리고 몸을 바싹 웅크린다.

이윽고.

…퍼퍼퍼퍼퍼퍼퍼퍼퍼퍼퍽!

요란한 소음들이 나무 천장 위를 두들기기 시작했다.

"신고식이 시작됐군."

적향이 표정을 찡그렸다.

수적들은 자신들의 영역으로 들어오는 배가 있으면 무조건 화살 세례를 퍼붓고 본다.

그러면 지금처럼 이렇게 요란한 소음들이 빗발치게 되는 것이다.

진짜 죽이려는 목적은 아니고, 그저 기선을 제압하려는 용도지만 때때로 죽는 사람도 나온다.

…펑!

창문을 틀어막고 있던 이불 뭉치가 빠지면서 화살촉 하나가 내실까지 삐죽 파고들었다.

"꺄악!?"

한 기녀가 비명을 질렀다.

창문을 막고 있던 이불이 빠졌으니 이제 곧 이리로 화살들이 날아올 것이다.

…퍽! …퍽! …퍽!

모든 이들이 내실 바닥에 엎드리자마자 벽으로 화살 몇 대가 더 들어와 꽂혔다.

그렇게 약 반 각 정도가 지난 뒤.

"그만! 멈춰!"

화살 소리가 멎었다.

뒤이어 갑판 쪽에서 묵직한 발소리들과 함께 거친 욕설이
들려왔다.

"빨리빨리 내려라, 창기들아!"

드디어 파등선이 목적지에 당도한 것이다.

저포놀이

갑판 위로 요란한 발소리들이 들려온다.

"나와, 이년들아!"

험상궂게 생긴 수적들이 선실 안에 있던 기녀들을 밖으로 끌어냈다.

개중 몇몇이 기녀들을 향해 코를 벌름거렸다.

"캬, 이게 얼마 만에 맡아 보는 분 냄새냐?"

"어이. 바로 산채로 가나?"

"그 전에 우리부터 좀 놀다가 가면 안 될까?"

그때, 한 수적이 앞으로 나섰다.

"허튼소리 말고 산채로 데려가라. 기녀들을 정중하게 대우하라는 술천두님의 명령이 있으셨다."

"에이…… 어차피 위에 올라가면 다 더럽게 놀 텐데. 지금부터 그런다고 뭐가 달라지나?"

"닥쳐라. 네놈들은 그저 두목님 명령에만 따르면 돼."

"쳇. 장강수로채에서는 제멋대로 굴어도 된다고 해서 들어왔는데. 이건 뭐, 하지 말라는 게 왜 이리 많아?"

이윽고, 수적 하나가 낄낄 웃으며 추이의 엉덩이를 더듬었다.

"그럼 이렇게 만지작거리는 것 정도는 괜찮겠지? 요 어린 년 하나쯤은……."

하지만 그는 말을 끝까지 잇지 못했다.

사뿍-

맨 처음 경고했던 수적이 칼을 뽑아 그의 목을 베어 버렸기 때문이다.

"술천두님이 명령하셨다. 기녀들을 정중히 대하라고."

"……."

"항명할 놈은 지금 해라."

서슬 퍼런 십두(十頭)의 말에 다른 수적들은 조용히 눈을 내리깐다.

이윽고, 십두는 뽑았던 칼을 칼집에 집어넣고는 혀를 찼다.

"외부에서 어중이떠중이들이 우르르 들어와서는 아주 위계질서가 개판이 났군."

그는 추이를 돌아보며 말했다.

"부하의 무례를 대신 사과하마. 우리 두목님은 겉보기와는 달리 여자를 함부로 대하는 분이 아니야. 너희들 모두 안전하게 돌아갈 수 있을 것이다."

십두의 말에 기녀들 사이에서 웅성거림이 일었다.

도착하자마자 피를 봤으니 당연한 것이리라.

하지만 그들 사이에 있는 두 명의 기녀는 태연하기 그지없었다.

큰 기녀와 작은 기녀.

둘은 눈앞에서 사람이 죽었어도 눈 하나 깜짝하지 않고 산길을 올라간다.

길을 안내하던 십두는 그녀들을 보며 감탄했다.

'계집들이 배짱도 좋군. 좋은 곳에 태어났더라면 기녀가 아니라 여장부가 되었을 터인데. 참 가엾구나.'

☙

산채 내부. 커다란 동혈 속에 마련된 은신처에서는 연신 시끄러운 환호성이 터져 나오고 있었다.

"꺄악! 오(五), 오(五), 십(十)이다! 이러면 제가 한 번 더 던져도 되는 거 맞죠?"

"아아! 나는 삼(三)이야! 망했어!"

"얘! 너는 세 칸이라도 갔지! 나는 이(二)야!"

"바보야! 이(二)면 똑같은 일(一)이 두 개니까 한 번 더 던지잖아! 차라리 삼보다는 이가 나은 거야!"

먼저 온 다른 기루의 기녀들이 머리를 맞대고 연신 재잘거린다.

그녀들 가운데에는 성인 남자 십수 명이 올라가도 될 정도로 크고 넓은 나무판이 벌어져 있었다.

저포(樗蒲)놀이.

윤목(輪木)이라는 나무 주사위 두 개를 던져서 하는 윷놀이의 일종으로 규칙은 지역마다 다양한 방식으로 변주된다.

이 저포놀이는 황, 청, 백, 적, 흑으로 이루어진 오방색의 말판 위에 그려진 삼백이십사 개의 칸을 두 개의 말로 달려 하나의 말이라도 먼저 결승점에 도착하게 되면 승리하는 규칙.

두 개의 주사위를 던져서 나온 숫자의 합만큼 말을 이동시키며 똑같은 숫자가 나올 경우에는 한 번을 더 던질 수 있는 것이 핵심이었다.

"주사위를 잘 굴려 봐, 자기야. 혹시 아니? 연거푸 십이(十二)가 나올지."

저포놀이판의 가장 상석에는 한 사내가 앉아 있었다.

가느다란 눈썹.

여우의 것처럼 길게 뻗었다가 나른하게 처진 눈꼬리.

그 밑에 콕 찍혀 있는 눈물점.

여인의 것처럼 갸름한 턱선과 유려한 목선이 한번 까닥 움직일 때마다 기녀들의 눈에서는 꿀이 뚝뚝 떨어진다.

술백정(戌白丁) 견술(甄戌).

그가 이곳 산봉우리의 천오백 수적들을 거느리고 있는 천두(千頭)였다.

"아, 이런. 나는 삼(三)이 나왔네."

술백정은 손으로 얼굴을 짚으며 탄식했다.

"주사위 두 개에서 똑같은 숫자가 나와 줘야 한 번 더 던질 수 있으니, 삼이 사실상 최저점이란 말이야."

"호호호─ 술천두님은 운도 없으셔."

"운이 없긴. 오히려 운이 좋지. 우리 자기 같은 미녀가 옆에서 술을 따라 주고 있는데~"

그는 옆에 있던 기녀를 끌어안으며 낄낄 웃는다.

여인의 허리를 잡아당기는 술백정의 손등에는 구멍이 뚫렸다가 아문 듯한 흉터가 나 있었다.

바로 그때.

"두목님. 즐기시는데 잠시 실례해도 되겠습니까?"

백두 하나가 기녀들 사이를 비집고 들어와 고개를 숙여 보였다.

"밖에 전령꾼이 왔습니다."

"전령? 어디서 왔는데?"

"인채(寅砦)입니다."

"……."

백두의 보고를 받은 술백정의 표정이 확 찡그려진다.

"에이 씨, 기분 확 잡치네. 꼴 보기 싫은 놈이 또 뭘 보냈나 본데."

"어쩔까요? 죽여 버릴까요?"

"미쳤니? 왜 그렇게 극단적이야. 전쟁 낼 일 있어?"

"저희들은 두목님을 위해서라면 언제든 전장으로 나가 죽을 수 있……."

"아 됐어. 진짜 부담스럽네. 일단 들어오라 그래 봐."

술백정이 손사래를 쳤다.

이윽고, 백두들 사이로 한 명의 사내가 들어왔다.

큰 덩치에 부리부리한 눈을 가진 남자.

그는 자신을 인채의 백두라고 소개했다.

"어험! 나는 인천두님의 명을 받아 인채를 대리하는 자격으로 이 자리에 왔소이다."

말이 꽤 짧다.

술채의 백두들이 눈을 사납게 부릅떴다.

백두 계급 주제에 천두 계급에게 은근슬쩍 맞먹고 있는 꼴이 여간 거슬리는 것이 아니다.

하지만 술백정은 별로 개의치 않는 기색이었다.

"그래그래. 왜 왔니?"

"지금부터 인천두님이 보내신 서신의 내용을 읊어 드리겠소. 경건한 마음으로 세이경청(洗耳傾聽)하시오!"

이윽고, 전령은 서신을 펼쳐 그 내용을 읽어 내렸다.

"친애하는 술(戌) 사제. 거리가 멀어 얼굴을 직접 보지 못하고 이렇게 서신으로만 뜻을 전하게 되어 애석한 마음일세. 부디 이해하시게."

"개좆밥아. 내 얼굴 직접 보게 되면 존나 무서울걸? 그러니까 편지로 말할 때 잘 들어라."

"……?"

"아, 신경 쓰지 마. 그냥 편지 내용을 내 식대로 해석하는 거니까. 편하게 해. 편하게~"

술백정이 씩 웃으며 손사래를 친다.

인채에서 온 전령은 떨떠름한 표정으로 계속 편지를 읽었다.

"우리 사형제들끼리 서로 얼굴을 보지 못한 지 꽤나 오래되었지? 그간 참으로 격조했네. 이렇게 서신을 적는 동안이라도 술 사제 생각을 떠올리니 옛날 생각도 나고 참 좋군. 그리운 추억이 많아."

"우리 평소에 사이 별로 안 좋잖아. 할 말도 별로 없으니 슬슬 본론 들어간다."

"참, 술 사제. 서신을 적던 도중 문득 생각이 난 건데."

"사실 이 말 하려고 편지 썼다. 개새끼야."

"다름이 아니라. 스승님이 요즘 많이 편찮으시다네. 그래서 스승님을 위로할 겸하여, 오랜만에 우리 사형제들이 모두 모여서 격구 시합이라도 한번 벌이는 것이 어떻겠나?"

"다 늙어 빠진 스승은 내가 벌써 제껴 버렸고. 이제 껄끄러운 제자 새끼들까지 한데 모아서 싹 죽여 버릴 생각이야."

"오랜만에 친목도 다지고, 안부도 묻고, 스승님께 문안 인사도 드릴 겸하여 한번 모였으면 하네. 참가의 뜻을 묻기 위해 이렇게 서신을 띄우네."

"꼭 와라. 안 오면 죽여 버린다. 물론 와도 죽일 거지만."

전령이 서신의 내용을 읽는 동안 술백정은 요상한 입모양으로 계속 이상한 해석을 늘어놓았다.

참다못한 전령이 벌컥 화를 냈다.

"그 무슨 망발이시오! 제끼다니! 싹 죽이다니! 어찌 그런 모함을 하신단 말이오!"

"아님 말고. 왜 화를 내고 그래?"

"술천두께서 이렇게 인천두님을 공공연히 모욕하니 어찌 화를 안 낼 수가 있겠소!?"

"알겠어, 알겠어. 미안해. 화내지 마. 사과할게. 나도 인사형하고 싸울 생각은 없어."

술백정이 이렇게까지 말하자 전령의 화도 조금 누그러졌다.

이윽고, 전령이 말했다.

"그럼 이제 답변을 들을 차례요. 인천두님의 초청에 응하시겠소? 물론 응하실 것이라 믿소만."

"응 안 가."

"……?"

전령은 잘못 들었다 싶어서 귀를 벅벅 문질렀다.

하지만 술백정은 여전히 싱글벙글 웃고만 있었다.

"산채에 가만히 박혀 있는 나한테 왜 괜히 오라 가라야. 아무리 사형이라고 해도 이건 아니지."

"무, 무엄하오! 어찌 사형께!"

"나는 원래 패륜아라서 스승님이 불러도 안 가. 하물며 사형 주제에 어찌 나를 오라 가라 한단 말이야? 그것도 뭐? 격구 시합을 하자고? 내가 격한 운동 싫어하는 거 모르니?"

대놓고 놀리는 기색이다.

전령의 얼굴이 붉으락푸르락하기 시작했다.

"나는 인천두님을 대리하여 이 자리에 온 사람이오! 무례를 삼가길 바라오!"

"무례라. 으음− 지금도 상당히 대접해 주고 있는 건데."

술백정은 씩 웃으며 의자에서 일어났다.

그리고 이내 돌계단을 밟아 가며 아래로 내려오기 시작했다.

저벅−

술백정이 한 걸음을 내디딜 때마다.

저벅– 저벅–

주변의 공기가 무거워지기 시작했다.

저벅– 저벅– 저벅–

술백정이 앞에 섰을 때, 전령은 자신의 폐장육부가 새끼줄에 꽉 묶여 있는 듯한 답답함과 고통을 느끼고 있었다.

"이, 이러지 마시오…… 나는 인천두님의 사신이오……."

"알아 얘~ 그래서 이러는 거야."

술백정은 여전히 환하게 웃고 있었다.

그는 손을 뻗어 전령의 볼을 톡톡 두드렸다.

"자 사형이나 축 사형의 사신이었다면 이렇게 못 했지."

"……."

"근데 인백정, 그놈의 사신에게는 좀 이렇게 막 해도 될 것 같아서."

그 말에 전령은 이를 악물고 숨을 몰아쉬었다.

"지, 지금 하극상을 벌이려는 것이오!? 어찌 개가 범의 자리를 넘본단 말이오!"

"그럼 범이 소와 쥐의 자리를 넘보는 것은 하극상이 아니니? 스승님을 위한 자리를 왜 첫째도, 둘째도 아닌 셋째 놈이 주최한다는 게야? 격구 시합? 이건 또 무슨 어린애 장난질이니. 인백정 놈이 스승님의 자리를 노리고 있다는 것쯤은 세상 물정 모르고 산채 밖으로 나간 막내 년도 알겠다."

"이, 이게 술채의 공식 답변이오!? 나, 나, 나는 그럼 이대로 돌아가서 곧이곧대로 전할 수밖에 없소! 이곳에서 무슨 일이 있었는지! 술천두께서 무어라 하셨는지!"

"그래라. 그럴 수 있다면 말이야."

"······!?"

전령은 뒤를 돌아보았다.

어느새 술채의 백두들이 출구를 막고 있는 것이 보인다.

"사, 사, 사신을 주, 죽이면 하극상······ 아니 반란이오! 이러는 게 어딨소?"

"으음. 그건 그래. 사신으로 온 놈을 죽이면 안 되지."

술백정은 턱을 쓸며 고민했다.

"하지만 나는 꼭 너를 죽이고 싶단 말이지."

"히익!"

"그런데 사신을 죽이는 건 또 도리가 아니라 그러고······ 이야, 이것 참 난제야."

맑은 눈의 광인.

술백정의 시선을 보고 있노라면 그 말이 떠오른다.

전령은 덜덜 떨기 시작했다.

술백정의 말은 진심이고, 그가 하고 있는 이 해맑은 고민에 자신의 목이 떨어질 수도, 계속 붙어 있을 수도 있다는 것을 자각했기 때문이다.

그때. 술백정이 좋은 생각이 났다는 듯 말했다.

"아하! 그래. 이렇게 하면 되겠군."

"……?"

전령은 질끈 감았던 눈을 떴다.

그의 앞에는 술백정의 손바닥이 펼쳐져 있었다.

손바닥 위에는 두 개의 윤목이 보인다.

1부터 6까지 적혀 있는 나무 주사위.

그것을 본 전령의 표정이 멍하게 바뀌었다.

술백정이 말했다.

"네가 저포로 나를 이기면 인백정 놈의 말에 따라 주마."

"그, 그럼 제가 지면……?"

"죽는 거지 뭐."

술백정은 뭘 당연한 것을 묻느냐는 듯 피식 웃었다.

이윽고, 술백정은 돌계단 위에 있는 기녀들을 돌아보며 말했다.

"자. 너희들도 다 같이 하자. 저포놀이는 여럿이서 하는 것이 재밌단다."

때마침 산채에 새로 들어온 기녀 무리가 저포놀이에 합류하게 되면서 판이 더 커졌다.

기녀들의 표정은 복잡미묘했다.

졸지에 사람 목숨이 걸린 도박판에 끼어들게 되었으니 당연한 일.

더군다나 이번 한 판으로 인해 산채와 산채 간에 전쟁이 벌어질 수도 있게 되었으니 분위기는 더더욱 심각했다.

저포놀이를 지켜보고 있던 백두들의 표정마저도 딱딱하게 굳어 있는 판국인데, 하물며 기녀들이 울상을 짓지 않고 배길까.

그러나.

멍청하여 분위기를 못 읽는 것인지, 아니면 그냥 원래 표정이 없는 것인지, 이 와중에도 안색이 전혀 변하지 않는 이들이 있었다.

"……."

"……."

모정루의 기녀 패거리 사이에 끼어 있는 뜨내기들.

아무도 아는 사람 없는 하루벌이 기녀 두 명이었다.

"저포놀이는 사람이 많아야 재밌지."

"……."

"뭔 표정이 그래? 일단 물떡 한 잔 하고 긴장 풀어~"

술백정은 이 빠진 질그릇을 집어 들고는 안에 든 탁주를 깨끗하게 비웠다.

전령도 마지못해 자신 앞에 놓인 사발을 집어 들었다.

쭈욱—

쌀과 누룩으로 빚어진 걸쭉한 백탁액이 목구멍을 넘어가

지만 맛이 느껴지지 않는다.

어떻게 하면 이 판에서 도망칠 수 있을까, 속만 바싹바싹 탈 뿐이다.

그때 술백정이 기녀들을 보며 다시 한번 입을 열었다.

"나와 저 사신은 지면 목숨을 잃을 판이요, 자기들은 이기면 천금을 쥐고 돌아갈 수 있을 것이야. 다들 즐겨 보자고."

"컥!"

전령은 마시던 탁주를 죄다 뱉어 버렸다.

진짜다.

저 맑은 눈의 광인은 진짜로 이 장난놀음 한 판에 전쟁을 일으킬 심산이다.

전령의 관자놀이에서 식은땀이 비 오듯 흘러내렸다.

"먼저 해. 처음이니까."

술백정이 눈을 찡긋해 보였다.

그러고는 전령의 앞으로 윤목 두 개를 던져 준다.

또르르……

일부터 육까지 적혀 있는 나무 주사위.

이 두 개가 돌아서 나온 합에 자신의 목숨이 달렸다.

전령은 흘끗 고개를 돌렸다.

이미 출구는 술채의 백두들이 단단히 가로막고 있었다.

'제기랄, 살길은 그나마 이거 하나뿐이구만.'

어쩔 수 없는 일이다.

전령은 두 눈을 질끈 감고는 윤목 두 개를 그러쥐었다.

'이렇게 되면 이판사판이다. 일단 여기만 벗어나고 나면 인천두님이 다 해결해 주실 거야.'

절로 이가 갈린다.

일단 이곳을 벗어나서 인채로 돌아가기만 한다면 반드시 오늘의 굴욕을 되갚아 줄 수 있으리라.

"더, 던지겠소. 그런데 그 전에……."

"그 전에 뭐?"

"이번 판에서 내가 이기면, 술천두께서는 우리 인천두님의 말에 따라 주셔야겠소이다."

"알겠다니까. 나는 도박판에서 한 말은 반드시 지켜~"

"그럼 믿겠소."

이윽고, 전령은 윤목을 던졌다.

두 개의 주사위가 허공으로 올라갔다가 바닥에 떨어졌다.

팩― 떽떼구르르르……

육면(六面) 중 한 면이 위로 고정되었다.

오(五)와 육(六). 도합 십일(十日)이다.

딱! 딱! 딱! 딱! 딱! 딱! 딱! 딱! 딱! 딱! 딱!

전령의 말 하나가 출발점에서부터 시작하여 총 열한 칸을 움직였다.

'좋아. 꽤 앞으로 갔다.'

시작부터 좋은 숫자가 나왔다고 생각했다.

바로 뒤이어 술백정이 윤목을 던지기 전까지만 해도 전령
은 그렇게 생각했다.

"자, 그럼 이제 내 차례."

술백정이 묘한 손동작으로 윤목을 말아 접듯 던졌다.

또르르르륵……

그러자 이내 두 윤목이 각각 서로 같은 면을 드러냈다.

사(四)와 사(四). 도합 팔(八)이다.

술백정이 입꼬리를 비죽 말아 올렸다.

"윤목 두 개가 같은 숫자네. 그러면 한 번 더 던지는 것 알
지?"

"처, 처음 듣는 규칙인데……."

"우리 술채에서는 다 그렇게 해."

전령의 항의를 무시한 술백정이 한 번 더 윤목을 던졌다.

떽떼구르르륵……

각각 일(一)과 이(二). 도합 삼(三).

술백정의 말이 여덟 번에서 세 번 추가로 이동했다.

공교롭게도 전령의 말이 있는 칸이었다.

"어이쿠. 이런. 잡아먹었네?"

술백정의 말은 전령의 말 위에 포개어졌고 그대로 따 뒤집
어 버렸다.

원래 저포놀이에서는 자신의 말이 다른 사람의 말이 있는
칸에 도착하게 되면 상대방의 말을 최초 시작점으로 되돌아

가게 만들 수 있다.

하지만 이곳 술채에서의 저포놀이 규칙은 조금 달랐다.

덜덜 떠는 전령을 보며 술백정이 씩 웃었다.

"우리는 한 번 죽은 말은 그냥 끝이야. 부활 같은 건 없어."

"그, 그런 게 어디…….."

"있지. 여기에 있어. 그래도 현실에 비하면 훨씬 낫잖아? 목숨이 두 개나 되니까."

"……."

"아직 하나 남은 목숨, 잘 간수하라고."

술백정은 전령에게서 시선을 떼고 옆에 있는 기녀의 볼에 입을 쪽 맞추었다.

"자기야. 이것 봐. 맨 처음에는 차라리 나중에 던지는 게 유리해. 무턱대로 선수를 잡았다가는 후발주자들에게 따먹힐 수 있거든."

"……."

"어이— 전령꾼. 뭐 해? 다들 던졌다구. 네 차례야, 빨리 던져. 분위기 재미없어지잖아~ 우리 예쁜이 입에서 하품 내면 죽는다 너?"

기녀들 역시도 윤목을 한 번씩 던진 뒤, 전령의 차례가 빠르게 돌아왔다.

술백정의 채근을 견디지 못한 전령이 다시 한번 윤목을 던졌다.

떼구르르르……

나무 주사위가 팽이처럼 굴다가 이내 움직임을 멎었다.

두 번째 말이 앞으로 이동한다.

오(五)와 사(四). 도합 구(九)다.

술백정은 싱긋 웃으며 윤목을 잡았다.

"어머, 어쩌니? 재수 없으면 시작부터 끝이겠네."

"……."

전령은 식은땀을 흘리며 눈을 질끈 감았다.

이윽고, 술백정의 윤목이 저포판 위를 구른다.

또르르르륵……

사(四)와 사(四). 도합 팔(八)이다.

두 개의 숫자가 같으니 주사위를 한번 더 던져야 했다.

"됐다!"

전령이 쾌재를 불렀다.

상대가 자기를 앞질러 갔는데도 안도의 한숨이 나오는 것은 처음이었다.

"에이. 너무 앞서가 버렸구만."

술백정은 말을 앞으로 여덟 칸 옮겼다.

그러고는 다시 한번 주사위를 던졌고.

이(二)와 삼(三). 도합 오(五).

말을 앞으로 다섯 칸 추가로 움직였다.

"휴우……."

전령은 술백정의 말과 자신의 말 사이에 거리가 벌어지는 것을 보고 가슴을 쓸어내렸다.

판 전체로 보면 불리해졌지만 지금 당장 말을 따먹힐 위기는 넘겼으니 급한 불은 끈 셈이다.

바로 그때.

<u>또르르르르……</u>

예상치 못한 일이 벌어졌다.

바로 다음 판.

술백정 다음으로 주사위를 넘겨받은 어린 기녀 하나.

이제 막 열대여섯 살쯤 되어 보이는 소녀가 태연한 얼굴로 윤목을 던진 것이다.

오(五)와 사(四). 도합 구(九).

어린 기녀가 만들어 낸 윤목의 숫자는 아까 전령이 던진 숫자와 똑같았다.

"……어?"

전령이 명한 표정을 지었다.

지켜보고 있던 다른 사람들 역시도 모두 명한 표정으로 입을 반쯤 벌렸다.

하지만 그러거나 말거나, 어린 기녀는 태연한 표정으로 말을 옮겨 놓는다.

딱! 딱! 딱! 딱! 딱! 딱! 딱! 딱! 따—악!

기세 좋게 질주하던 말은 총 아홉 칸을 이동했다.

그리고 이내, 하나 남았던 전령의 말을 따먹어 버렸다.

"⋯⋯."

"⋯⋯."

"⋯⋯."

좌중의 분위기가 찬물을 끼얹은 듯 싸해졌다.

기녀들은 바들바들 떨었고 수적들은 긴장감에 마른침을 꿀꺽 삼킨다.

술백정이 아닌, 전혀 다른 사람의 손에 의해 전령의 말이 잡혀 버렸다.

그것도 시작하자마자 너무나도 허무하게.

"어⋯⋯ 허허허허⋯⋯ 어허허허허허허허!"

전령이 웃었다.

두 개의 말.

남은 목숨 모두가 모두 저포판 밖으로 나와 있는 것을 보며, 그는 애써 너털웃음을 지었다.

"이거 시작하자마자 져 버렸습니다 그려. 아휴, 참. 너 저포놀이 한번 잘한다. 몇 살이니?"

전령은 마지막에 주사위를 던졌던 어린 기녀의 머리를 거칠게 쓰다듬으며 말했다.

"술천두님. 이거 이거, 몰랐는데 저포라는 게 아주 재밌는 도박이오. 간만에 간땡이가 콩알만 해졌소이다. 이렇게 쫄깃

한 명승부는 정말 오래간만인 것 같은데. 커흠 참. 이번에는 애들 장난 때문에 흐지부지되었지만, 다음에는 꼭 진심으로 다시 저포를 해 보고 싶소."

전령은 당황한 나머지 자신이 무슨 말을 하고 있는지도 모르는 것 같았다.

"아무튼 간에. 이번 일은 내가 잘 수습해 보겠…… 습니다. 인천두님께 돌아가서 제가 잘 말씀드립죠. 그러니까 최대한 양측 간에 불화가 없어야 할 것 아닙니까? 그, 그렇지요?"

어느새 말투 역시도 은근슬쩍 존대로 바뀌었다.

"……."

"……."

"……."

좌중의 분위기는 여전히 긴장으로 인해 팽팽했다.

기녀들은 놀자고 자리한 판에서 혹시 피를 볼까 봐 걱정하고 있었고, 수적들은 설마 이런 사소한 도박 한 판에 전쟁이 벌어질 것이라고는 생각하지 않는 기색들이다.

그러나.

"무슨 소리 하는 거야, 너?"

술백정이 자리에서 일어나 뒤를 향해 손을 뻗자, 수적들의 분위기가 바뀌었다.

"……!"

전령의 눈이 찢어질 듯 커졌다.

술백정이 집어 든 것은 커다란 날붙이였다.

개작두.

가위나 칼로도 자르기 힘든 것을 자를 때 쓰는 육중한 날붙이.

북송 시대의 명판관 포증(包拯)이 죄인의 허리를 자를 때 사용하던 것이다.

술백정은 그것의 날 부분만 따로 떼어 내 커다란 도(刀)처럼 들고 다니고 있었다.

"졌으면 대가를 치러야지, 뭔 개소리를 짖어 대고 앉았니? 여기가 술채라서 그러는 거야?"

"으으…… 으아아아아! 수, 술천두! 미쳤소!?"

"왕년에 미친개라는 말을 많이 듣긴 했지. 호호호−"

"이, 이건 하극상이야! 나는 사신이다! 사신을 죽이면 인천두께서 가만있으실 것 같으냐!"

"어차피 내가 지 말 들을 거라고 기대도 안 했을 거야. 너는 그냥 찔러보기용으로 보냈다가 버리는 패인 거지."

"지, 진짜 그럴 거야? 지, 지, 진짜로 날 죽이겠다고? 그랬다간 전쟁이 벌어질……!"

그것이 전령의 마지막 말이었다.

썩−뚝!

술백정은 개작두를 내리그었고 그대로 전령의 허리를 토막 내 버렸다.

후두둑- 후두둑- 철퍽!

두 동강 난 토막.

거친 절단면 사이로 이것저것 많은 것들이 흘러내린다.

"미친…… 하룻강아지…… 새끼가…… 범 무서운 줄……
모르……."

전령은 입을 뻐끔거리던 끝에 그대로 축 늘어져 버렸다.

"……."

"……."

"……."

모든 이들이 얼어붙었다.

기녀들은 사람이 죽었다는 것에 대한 충격으로, 수적들은
내전이 발발했다는 것에 대한 충격으로 저마다 말이 없다.

하지만.

"호호호호-"

술백정은 여전히 대수롭지 않다는 듯한 기색이었다.

그는 피 묻은 손으로 탁주 사발을 집어 들었고 유쾌한 웃
음과 함께 그것을 비웠다.

"일합(一合)에 인채의 백두급을 보내 버리다니. 꽤 하는구
나, 아가야."

술백정은 방금 전 주사위를 던졌던 어린 기녀를 응시하고
있었다.

"인채의 백두급이 작정하고 덤벼든다면…… 흠. 나도 손

짓 한 번에 죽일 자신은 없군. 그런데 너는 고작 주사위를 한 번 굴려 그걸 해냈으니 네가 나보다 낫다고 할 수밖에."

"……."

"어따. 강호에 새로운 여고수가 등장했다. 축하하는 의미에서 뭘 주고 싶은데. 뭐가 좋으니? 술? 돈? 쌀? 아, 비단이나 장신구도 많다."

술백정은 빙글빙글 웃는 낯으로 말했다.

그러자 어린 기녀는 표정 하나 변하는 것 없이, 태연하게 말했다.

"그보다. 저포놀이가 벌써 끝난 건가요?"

"……?"

"아직 이기지도 못했는데 상을 받을 이유는 없습니다."

"……!"

그 말에 술백정의 나른하던 눈매가 조금 위로 올라갔다.

고개를 돌리니 피 묻은 저포판 위에는 아직 말들이 많이 남아 있다.

"호호호호……."

술백정은 웃었다.

그러고는 동굴이 떠나가라 손뼉을 쳤다.

"맞다. 네 말이 맞아. 아직 놀이가 끝나지도 않았는데, 논공행상은 이르지."

권태로워 보이던 술백정의 눈빛에 처음으로 생기가 깃들

었다.

"자. 다시 놀자고. 나는 몰랐는데, 저포놀이라는 게……."

술백정의 시선은 눈앞에 있는 어린 기녀 한 명만을 향하여 단단히 고정되어 있었다.

"사람이 적어도 재밌는 거였네."

저포놀이 판이 뜨거워지기 시작했다.

"물떡 떨어졌다. 좀 더 가져와라. 아니다, 얘. 그냥 다 가져와."

술백정은 텅 빈 탁주 동이를 집어 던지며 말했다.

이윽고, 항아리 속의 희뿌연 누룩주들이 찰랑찰랑 날라져 온다.

술백정은 목이 타는지 질그릇을 들어 동이 속의 탁주를 연거푸 퍼마셨다.

그러는 동안 어린 기녀는 윤목들을 손에 말아 쥐었다.

"접습니다."

이윽고.

"던집니다."

오방색의 말판 위로 나무 주사위 두 개가 굴러간다.

떼-떼구르르르르……

순간, 모든 이들의 눈이 크게 벌어졌다.

육(六)과 육(六). 도합 십이(十二).

더군다나 두 주사위의 숫자가 같으니 한 번 더 던질 수 있다.

저포놀이 판에서 가장 좋은 패가 뜬 것이다.

"오, 주사위 좀 던지는구만."

"저 애는 누구야? 기녀라고 하기에는 너무 어린 것 같은데."

"노래를 잘 불러서 데려왔다더군."

주변에서 웅성거리는 소리가 들려왔지만 어린 기녀는 나이답지 않게 초연한 모습으로 판에만 집중하고 있었다.

…딱! …딱! …딱! …딱! …딱! …딱! …딱! …딱! …딱! …딱! …딱! …따-악!

어린 기녀의 말이 앞으로 나아간다.

이후, 규칙에 의해 어린 기녀는 한 번 더 주사위를 던졌다.

<u>또르르르르륵……</u>

주사위는 기묘한 궤도로 굴러가더니 우뚝 멈춰 섰다.

육(六)과 육(六). 도합 십이(十二).

아까와 같은 숫자가 나왔다.

"접습니다."

어린 기녀가 주사위를 회수했고.

"던집니다."

또다시 던졌다.

<u>떼구르르르르……</u>

육(六)과 육(六). 도합 십이(十二).

또다시 같은 결과가 나왔다.

어린 기녀는 또다시 말을 움직였고, 또다시 주사위를 움켜쥐었다.

쉬지 않고 계속해서 전진하던 말은 앞에 있던 기녀들의 말, 백두들의 말을 모조리 따 잡아먹었고 앞서 있던 술백정의 말까지 잡아 버렸다.

"……."

"……."

"……."

분위기가 묘하게 돌아간다.

"접습니다."

떽떼구르르르르……

"던집니다."

또르르르르르르……

저포놀이가 벌어지고 있는 판 위에는 오직 어린 기녀가 말하는 두 마디와 주사위 구르는 소리만이 울려 퍼질 뿐이었다.

어린 기녀의 말이 판 위를 질주한다.

그 앞에 있던 말들은 하나도 남김없이 죄다 잡아먹혔다.

육(六)과 육(六)이 끊임없이 반복된다,

따라서 주사위 역시도 쉬지 않고 계속 굴러가고 있었다.

옆에 있던 한 백두가 손을 들어 올려 어린 기녀의 질주를 중간에 끊었다.

"주, 주사위가 좀 이상한 것 같은데. 애야. 이걸로 바꿔서 해 보련?"

어린 기녀의 손에 들린 주사위가 나무 주사위에서 황동 주사위로 바뀌었다.

하지만 그렇다고 해서 결과가 바뀌지는 않았다.

떼구르르르……

육(六)과 육(六). 도합 십이(十二).

여전히 같은 결과다.

이후 황동 주사위를 청동 주사위, 돌 주사위, 은 주사위, 황금 주사위 등으로 바꿔 보았지만 변하는 것은 아무것도 없었다.

어느덧 어린 기녀의 말은 저포놀이판 위의 모든 칸들을 지나 결승점에 제일 가까워져 있는 상태.

"허허…… 거참 기묘하네."

술백정은 상석에서 내려와 어린 기녀의 앞에 앉았다.

"주사위라는 게 원래 저런 식으로 굴러갈 수 있는 게 아닌데 말이야."

그러는 동안에도 주사위는 계속 육과 육을 토해 내고 있었다.

어린 기녀의 말은 어느덧 결승점을 코앞에 두었다.

약간의 침묵 후, 어린 기녀는 술백정을 올려다보며 말했다.

"……이대로 끝내도 됩니까?"

"할 수 있으면 해 보렴."

술백정이 교태롭게 웃었다.

어린 기녀는 고개를 끄덕이고는 주사위를 허공에 던졌다.

떼구르르르……

주사위가 이상하게 구른다.

그것은 넘어가야 할 때에 넘어가지 않고, 넘어가지 않아야 할 때에 넘어가며 또다시 같은 숫자를 드러냈다.

이번에도 육(六)과 육(六). 도합 십이(十二)였다.

바로 그 순간.

…콰―앙!

별안간 판이 뒤흔들렸다.

"아, 이거 실례."

술백정이 옆의 돌바닥을 손바닥으로 내리친 것이다.

쩌적……

바닥이 여러 개의 균열을 만들며 쪼개졌고 그 때문에 놀이판도 약간 기울어져 버렸다.

술백정은 탁주 사발 위를 손으로 휘휘 저으며 중얼거렸다.

"벌레가 있어서. 어휴, 참. 한겨울에 웬 날벌레가…… 물떡에 꼬여 왔니 너네?"

"......."

어린 기녀는 조용히 고개를 내렸다.

판이 움직였기에 판도도 변했다.

육(六)과 육(六)에서 일(一)과 이(二)로.

주사위가 충격에 의해 뒤집어지는 바람에 안 좋은 패가 되어 버린 것이다.

빙글빙글 웃는 술백정의 표정을 본 다른 백두들이 한숨을 쉰다.

"또 시작되셨군."

"두목님의 나쁜 버릇이 나왔네."

"도박에서는 무슨 어거지를 써서든 이기려 하신다니까."

"근데 무슨 저런 꼬맹이한테도 그러시냐."

"음. 나는 좀 이해되기도 해. 십이가 작작 나와야지."

"그러게. 이상할 정도로 운이 좋단 말이야."

다 뜬 패를 뒤집어서 다른 패로 바꾸는 것은 반칙이지만…… 이런 상황에서 술백정에게 그 점을 따질 만큼 용기 있는 자는 없었다.

술백정은 손가락을 까닥 움직였다.

"네가 이번 판에서 이기면 네 소원을 뭐든지 하나 들어줄게."

"......."

"대신에, 공정하고 엄격하게 하자구. 어떤 기술을 쓰는지는 모르겠지만…… 그건 좀 불공평하잖아. 안 그래?"

"……."

어린 기생은 말없이 고개만 끄덕였다.

다른 사람들 역시도 모두 말을 잃어버렸기에 이제 저포놀이는 술백정과 어린 기녀, 단둘만이 즐기게 되었다.

이윽고, 술백정의 차례가 되었다.

윷목 두 개가 허공으로 떠올랐다가 판 위로 떨어져 내렸다.

떼구르르르르……

오(五)와 육(六), 도합 십일(十一)이다.

…딱! …딱! …딱! …딱! …딱! …딱! …딱! …딱! …딱! …딱! …따—악!

술백정의 말이 앞으로 열한 칸 이동했다.

다시 어린 기녀의 차례가 되었다.

"접습니다."

주사위가 작은 손아귀 속에서 달그락 달그락 소리를 낸다.

"던집니다."

이윽고, 판 위로 숫자 두 개가 드러났다.

육(六)과 육(六). 도합…….

짜—악!

하지만 주사위 숫자는 도중에 바뀌었다.

술백정이 판 옆에 대고 별안간 손뼉을 쳤기 때문이다.

심지어 내공이 실려 있는 손동작이었다.

"그러고 보니, 너 참 미색이 곱구나. 조금만 더 크면 아주 천하절색이 되겠어. 훗날 여럿 사내 울릴 관상이야. 으응. 물론 난 어린애한테는 흥미 없기는 한데……."

"……."

"앗챠챠─ 너무 감탄한 나머지 박수를 쳐 버렸군. 이거 미안해서 어쩌나."

술백정은 싱긋 웃으며 판 위를 턱짓했다.

삼(三)과 오(五). 도합 팔(八).

손바닥과 손바닥이 마주칠 때의 충격으로 인해 주사위 숫자가 바뀌어 있었다.

옆에 있던 기녀 한 명이 콧소리를 내며 술백정의 팔을 톡 쳤다.

"어머~ 오라버니 뭐야~ 치사해요~"

"치사하다니. 얘, 도박에 그런 게 어딨니? 주사위가 멈춘 뒤 굴러갔든, 굴러간 뒤 멈췄든, 어쨌든 지금 나온 숫자가 장땡이야!"

술백정은 킥킥 웃으며 허리를 뒤로 젖혔다.

이후의 양상도 비슷했다.

어린 기녀가 주사위를 던져 육과 육을 만들면, 술백정은 어김없이 바닥을 주먹으로 내리치거나 크게 재채기를 하거나 하는 식으로 주사위를 뒤집었다.

이윽고, 어린 기녀의 말과 술백정의 말이 지척에 놓이게 되었다.

어린 기녀를 거의 다 따라잡은 술백정이 또다시 주사위를 던졌다.

떼구르르르……

오(五)와 오(五). 도합 십(十).

주사위의 숫자가 높고 똑같기도 똑같다.

한 번 더 던지게 되니 좋은 패이다.

술백정은 연이어 주사위를 던졌고 이번에는 도합 칠(七)로 꽤나 준수한 성과를 거두었다.

이제는 술백정의 말이 어린 기녀의 말을 앞질렀다.

술백정의 말은 고작 결승점에서 한 칸 뒤에 있었고, 어린 기녀의 말은 그보다 훨씬 뒤였다.

둘 사이의 거리는 공교롭게도 딱 열두 칸.

"……."

술백정의 말은 결승점까지 단 한 칸만이 남아 있는 상태이기에 어린 기녀가 이길 수 있는 방법은 많지 않았다.

어떻게든 두 주사위의 숫자를 같게 만들어 한 번 더 던져야 한다.

가능하면 육과 육을 만들어서 술백정의 말을 따내 버리고, 그 뒤에 결승점으로 들어가는 것이 최선의 결과.

"……."

"……."

"……."

모두가 긴장한 표정으로 저포판을 바라보고 있었다.

그런 분위기 속에서 어린 기녀가 말했다.

"접습니다."

여전히 태연한 표정, 태연한 목소리.

"던집니다."

두 개의 나무 주사위가 판 위를 구른다.

이번에도 역시 이변은 없었다.

육과 육. 도합 십이.

바로 그 순간, 어김없이 술백정이 발을 굴렀다.

…쿵!

기울어지려던 주사위가 다시 원래대로 돌아왔다.

육(六)과 육(六)이었던 패가 육(六)과 오(五)로 바뀌었다.

도합 십일(十一). 다시 던질 기회는 없다.

…딱! …딱! …딱! …딱! …딱! …딱! …딱! …딱! …딱! …
딱! …따ㅡ악!

어린 기녀의 말은 앞으로 열한 칸을 이동하여 멈췄다.

그곳은 공교롭게도 결승점에서 단 두 칸이 모자란 곳, 술
백정의 말과는 단 한 칸 차이였다.

"호호호ㅡ"

술백정이 웃었다.

"이거 아주 철렁했어. 하마터면 결승점 한 칸 뒤에서 말을 따먹힐 뻔했잖니."

그는 상체를 앞으로 기울인 뒤 상아를 깎아 만든 자신의 말을 손가락으로 톡톡 두드렸다.

"결승점까지 한 칸 남았다."

"……."

"두 개의 주사위를 던져서 양 숫자의 합이 일(一)을 넘으면 돼. 이게 무엇을 의미할까? 으응?"

주사위는 일(一)에서 육(六)까지밖에 없다.

그것을 두 개 던지게 되니 나올 수 있는 패의 최소값은 이(二), 최대값은 십이(十二)이다.

그러니 결승점까지 한 칸이 남은 시점에서는 무조건 이길 수밖에 없는 것이다.

술백정이 이겼고 어린 기녀가 졌다.

……하지만.

어린 기녀의 표정은 여전히 태연했다.

그녀는 조용히 고개를 들고 차분하게 가라앉은 시선으로 술백정의 미소를 마주했다.

"던져 보기 전까지는 모르지요."

"모르기는 뭘 몰라? 두 개의 주사위 합이 일(一) 미만일 수가……."

"그러니까."

어린 기녀가 술백정의 말을 도중에 잘랐다.

"던져 보기 전까지는 모른다고."

말이 짧아졌다.

분위기도 변했다.

한 칸을 두고 바싹 붙어 있는 말처럼, 술백정과 어린 기녀 사이의 간격 역시도 어느새 바로 지척까지 좁아져 있었다.

"……."

술백정의 두 눈이 동그랗게 변했다.

"……."

"……."

"……."

주변에도 정적이 내려앉았다.

기녀들과 수적들 모두가 어린 기녀의 언행에 놀라 토끼눈을 뜨고 있는 중이었다.

이윽고, 술백정이 크게 웃었다.

"호호호호호호호– 그래, 맞는 말이다. 으응, 맞는 말이야. 주사위를 던져 보기 전까지는 모르지. 뭐가 나올지 말이야. 인생이라는 게 참 그래. 으응?"

그는 주사위를 집어 들었다.

"두 주사위의 합이 일 이상이기만 하면 내가 이긴다. 자, 보자. 어떤 패가 나오는지."

두 개의 윤목이 허공으로 높게 날아올랐다.

술백정을 비롯한 모든 이들의 시선이 주사위들을 따라 위로 올라간다.

……하지만. 유일하게 다른 곳을 쳐다보고 있는 사람이 있었다.

어린 기녀.

아니, 기녀로 분장한 살수(殺手).

추이가 품속에 손을 집어넣고 있었다.

눈앞으로 훤히 드러나 있는 술백정의 목을 바라보면서.

추이는 저포판 위에서 덩실덩실 춤추는 창귀들을 바라보았다.

'너희들은 이제 쓸모가 없으니 돌아가라.'

지금까지 추이 대신 주사위를 굴려 왔던 창귀들이 시무룩한 표정으로 물러간다.

추이는 고개를 들었다.

"호호호호호호호- 그래, 맞는 말이다. 으응, 맞는 말이야. 주사위를 던져 보기 전까지는 모르지. 뭐가 나올지 말이야. 인생이라는 게 참 그래. 으응?"

술백정은 재미있어 죽겠다는 듯 웃고 있었다.

이윽고, 두 개의 나무 주사위가 허공으로 날아올랐다.

"두 주사위의 합이 일 이상이기만 하면 내가 이긴다. 자, 보자. 어떤 패가 나오는지."

술백정을 비롯한 모든 이들이 주사위가 던져진 허공을 바라보고 있었다.

아무도 이쪽을 보고 있지 않을 바로 그때, 추이는 비로소 품속에 숨겨 두었던 칼을 빼 들었다.

…철커덕!

넉넉한 품의 치마 속에서 검붉은 칼날이 쑥 튀어나왔다.

코등이도 없이 바로 자루에서 주석막이, 칼날로 이어지는 유려한 곡선.

추이는 칼 손잡이를 잡은 그대로 술백정의 목을 그어 버렸다.

쫘악–

핏물로 이루어진 긴 적선(赤線) 하나가 허공을 가로질렀다.

"……?"

본능적인 감각, 직감으로 느낀 서늘함이 위로 향했던 술백정의 턱을 아래로 잡아끌어 놓았다.

…쩌엉!

술백정은 황급히 고개를 뒤로 젖혔고 개작두의 날을 들어 추이의 칼날을 막아 냈다.

하지만 이미 추이의 칼날이 목의 피부를 가르고 살짝이나마 파고들었기 때문에 피를 보는 것을 피할 수는 없었다.

푸슈숙!

살짝 갈라진 피부에서 엄청난 양의 피가 뿜어져 나와 저포판을 시뻘겋게 물들였다.

"꺄아아아악!"

주변에서 기녀들이 비명을 질렀다.

백두들이 황급히 자리에서 일어나 칼을 빼 들었으나.

"어허. 끼어들기 금지."

또 다른 기녀 한 명이 도끼날을 들어 백두들의 앞길을 막아섰다.

쩍―

거칠고 투박한 손도끼 하나가 내리꽂혀 바닥을 길게 쪼개 놓는다.

"이 선 넘어가고 싶은 놈들은 들어와. 근데 두 다리 멀쩡하게는 못 넘어가."

해백정 적향. 그녀가 얼굴을 가렸던 화장을 탁주로 씻어낸 뒤 머리카락을 탈탈 털며 말했다.

한편, 술백정은 아직 지금의 상황을 제대로 이해하지 못하고 있었다.

"……? ……? ……?"

술백정은 목을 잡은 채로 뒤로 물러났다.

목에서는 아직도 피분수가 뿜어져 나오고 있었다.

이윽고, 술백정의 눈매가 가늘어졌다.

그는 눈앞에 있는 추이와 그 뒤에 있는 적향을 번갈아 바라보았다.

"뭐니. 너네 살수였니? 아니, 자세히 보니까 해 사매잖아? 언제부터 살수로 전직했어?"

"닥쳐. 여기의 미곡이랑 병장기들을 불태우러 왔다."

"아니, 얘. 화가 났으면 대화를 해야지 왜 다짜고짜 쳐들어와서 패악질이니?"

"인백정, 그놈이 대화가 통할 놈이냐?"

"범 새끼한테 볼일이 있는 거였어? 근데 왜 인채로 안 가고 술채에 와서 이 지랄일까?"

"군량이랑 병장기들이 술채를 거쳐서 인채로 가잖아. 그러니 인채를 치기 전에 술채부터 쳐서 보급로를 끊어 놔야지. 상식 아냐?"

"오. 나와 인백정을 한패라고 생각했군. 뭐…… 상황만 놓고 보면 그럴 수 있기는 해."

적향의 말을 들은 술백정이 씩 웃었다.

그는 옆에 있던 천으로 목을 칭칭 감았다.

꽈드드득……

어찌나 세게 조이는지 얼굴이 파랗게 질려 간다.

흰 천이 시뻘겋게 물드는가 싶더니 이내 지혈이 끝났다.

"휴. 목 졸려 죽나 했네. 지 손에 목 졸려 죽으면 뭔 개망신이야 그게."

술백정은 피 묻은 개작두를 들어 올려 어깨에 걸쳤다.

그의 눈은 이제 적향이 아닌 추이를 향해 고정되어 있었다.

"뭐, 이미 피를 본 마당에 해명은 피차 필요 없을 것 같고."

"……"

"누군가를 죽이려 했으면 마땅한 대가를 치러야겠지?"

추이는 별다른 말을 하지 않았다.

다만 고개를 돌려 적향에게 물었을 뿐이다.

"이놈을 잡으면 다음이 인백정인가?"

"그렇게 될 가능성이 커. 여기서 산봉우리 몇 개만 넘으면 바로 인채거든."

"알겠다. 빨리 처리하는 편이 좋겠어."

추이는 대수롭지 않게 말했다.

그러자 술백정의 미소가 더욱 짙어졌다.

"맹랑한 꼬맹이구나. 칼은 제법 잘 다루는 것 같다만…… 어디 기습 말고 다른 것도 잘하는지 한번 볼까?"

술백정은 개작두를 집어 들고 휘둘렀다.

거대한 날붙이가 무시무시한 속도로 떨어져 내린다.

따―앙!

추이의 칼과 술백정의 개작두가 맞부딪치며 무수한 불똥을 빚어냈다.

눈 한 번 깜빡일 동안 오고 가는 십수 합, 그동안 술백정의 표정이 완전히 달라졌다.

"뭐야. 애가 아닌데 이거?"

"……."

"……너 뭐니?"

한 방 한 방이 묵직하다.

날붙이와 날붙이의 접점에서 퍼지는 내공의 파문이 말해
주고 있었다.

상대의 내력이 결코 이쪽에 비해 얕지 않다는 것을 말이
다.

게다가…… 개작두의 날에 밀리기는커녕 오히려 개작두를
밀어내고 있는 저 기묘한 칼은 대체 무엇인가?

검붉은 칼날 아래 검붉은 손잡이, 그리고 그 끝에 늘어진
사슬이 적의 품속으로 들어가 있는 것이 보인다.

'칼을 놓칠까 봐 허리에 묶어 놓은 건가?'

술백정은 그것을 대수롭지 않게 생각했다.

바로 그 순간.

차라라라라락!

추이의 손에 잡혀 있던 칼날이 별안간 쑥 튀어나왔다.

"……!"

술백정은 코끝을 스치고 지나가는 칼날을 보며 기겁했다.

하지만 그것이 끝이 아니었다.

차라라락! 따각! 철커덕!

추이의 손에서 뻗어 나온 칼날이 두 배가 되는가 싶더니

순식간에 세 배로 늘어났다.

매화귀창. 총 네 개의 마디로 분절되는 이 기묘한 창이 드디어 제 모습을 온전히 드러낸 것이다.

"미친!"

술백정은 경악했다.

어디로 도망가든, 아무리 멀어지든 간에 계속해서 코앞으로 짓쳐들어오는 창날.

부우웅! 키리릭! 파캉! 차르르르르르륵! …철커덕!

추이는 매화귀창 한 자루를 칼로도 쓰고 도리깨로도 쓰고 삼절곤으로도 쓰고 창으로도 쓰며 계속해서 술백정을 추격했다.

써거걱!

매화귀창의 날이 저포놀이판 위를 훑고 지나갔다.

판 위에 있던 말들이 죄다 두 토막으로 절단되었다.

"젠장! 뭐 저딴 무기가 다 있어!?"

술백정은 목에서 쏟아지는 피를 막으면서도 열심히 개작두를 휘둘렀다.

하지만 추이는 집요하고 또 철저했다.

술백정이 거리를 벌린다 싶으면 창으로 대응했고, 거리를 좁혀 온다 싶으면 칼로 대응했다.

그뿐이 아니었다.

후두두둑—

추이는 술백정이 발을 디디려 하는 곳마다 마름쇠를 한 움큼씩 뿌려 놓고 있었다.

"어?"

술백정은 발을 뒤로 빼는 순간 발바닥에서 따끔함을 느꼈다.

마름쇠의 가시 하나가 발바닥을 뚫고 발등으로 튀어나와 있었다.

술백정이 마름쇠를 밟고 멈추는 순간, 추이는 곧바로 창을 조립해 뒤쫓아갔다.

쉬익- 쉭- 쇄애액!

독사처럼 뻗어 오는 창끝에 술백정은 점점 식은땀을 흘리기 시작했다.

부웅-

술백정이 창끝을 피해 고개를 숙이는 순간.

뻐-억!

추이의 다른 팔 소매에 숨겨져 있었던 쇠망치가 술백정의 머리통을 후려갈겼다.

'미친놈! 대체 무기가 몇 개야!?'

술백정은 본능적인 감각으로 고개를 틀어 망치를 피했다.

하지만 머릿가죽의 일부가 찢어지고 뇌 전체가 뒤흔들리는 것은 피할 수 없었다.

…땅그랑!

추이는 유효타를 거두자마자 곧바로 망치를 버린 뒤 두 손으로 창을 쥐었다.

창은 독사처럼 대가리를 들이밀며 술백정의 눈, 목, 심장, 폐, 간, 사타구니, 허벅지를 노렸다.

"꺼져라!"

술백정은 피를 토하면서도 버럭 소리쳤다.

육중한 개작두 날이 휘둘러져 추이의 창날을 쳐 냈다.

쩌-엉!

하지만 창은 밀려나지 않고 오히려 개작두를 되튕겨 냈다.

'무슨 놈의 힘이…….'

술백정은 이를 악물었다.

방금 전의 교전에서 전해져 온 추이의 내력.

그것이 손목뼈(骨)를 으스러트릴 듯 징징 울리고 있었다.

그도 그럴 것이 추이는 술백정을 처음 기습했을 때부터 지금껏 계속 전력을 다하고 있었다.

'힘이 넘친다. 내력도 끊기지 않고.'

패도회주 도막생을 죽여 창귀로 만들고 난 뒤, 추이의 경지는 이올(彝兀)의 제삼 층계까지 단숨에 올라가 있었다.

'창도 쓸 만하니 좋군.'

더군다나 무기 또한 전생에 쓰던 형태로 개조시켜 놓았다.

여러모로 지려야 질 수가 없는 판이었다.

파-캉!

추이의 창은 지난번 대나무 숲에서 시험했을 때보다도 훨씬 더 빠르고 강맹하게 움직이고 있었다.

마치 시시껍적한 대나무를 상대로는 전력을 다하지 않았다는 듯, 적수다운 적수를 만날 때에만 제 실력을 뽐내겠다는 듯, 매화귀창은 그렇게 펄펄 날뛰었다.

"⋯⋯! ⋯⋯! ⋯⋯!"

추이는 계속해서 앞으로 나아갔고 술백정은 계속해서 뒤로 물러났다.

평소 술백정은 개작두라는 다소 생소한 무기를 써서 상대방에게 당혹감을 안겨 주곤 했었다.

하지만 바로 지금, 더욱 더 생소하고 기형적인 무기와 만나 싸워 보니 비로소 알겠다.

지금껏 자신의 손에 죽은 이들이 얼마나 당혹스럽고 절망스러웠을지 말이다.

"빌어먹을!"

술백정은 절뚝거리는 발걸음으로 물러났다.

그리고 두 손으로 개작두의 손잡이를 쥔 채 그것을 직선으로 내리그었다.

동시에, 추이 역시도 최후의 승부수를 띄웠다.

⋯철커덕! 차르르륵!

하나의 긴 창으로 변한 매화귀창이 엄청난 속도로 뻗어 나간다.

위에서 떨어져 내리는 개작두와 직선으로 쏘아지는 창날
이 서로 맞물리는 순간.

쩌—억!

동굴의 벽과 바닥이 갈라지며 무시무시한 굉음이 일어났
다.

"……."

"……."

기녀들은 머리를 감싸 쥔 채 바닥에 얼굴을 처박았고, 수
적들은 감히 끼어들 생각조차 하지 못한 채 그 광경을 멍하
니 지켜보고 있었다.

"……."

"……."

추이와 술백정 역시도 서로를 바라보고 있었다.

추이의 창은 술백정의 목젖 바로 앞에서 멈춰 있었다.

술백정의 개작두는 추이의 창대에 완전히 가로막혀 있는
것이 보인다.

이윽고, 추이가 말했다.

"승부가 났군."

그러자 술백정이 싸늘한 어조로 대답했다.

"왜 안 죽였지?"

"이미 이겼는데 굳이."

"지랄."

술백정은 이를 드러내며 웃었다.

나른하기만 하던 시선에는 어느덧 시퍼런 살기가 번뜩거리고 있었다.

"나는 죽기 전까지 진 게 아니야. 알아?"

"승부에 승복해라. 견술."

"승복시키려면 죽여."

술백정은 추이의 창을 향해 목을 들이밀었다.

…뿌직!

창끝이 목젖을 파고들자 빨갛게 물든 천에서 또다시 피가 흘러나온다.

죽기 전에는 패배를 인정하지 않을 것 같은 기세였다.

하지만 추이는 여전히 태연했다.

"공정하고 엄격하게 하자고 안 했나?"

"……?"

"저포놀이 말이야."

그 말과 동시에 추이가 아래를 향해 턱짓했다.

술백정은 무슨 말인가 싶어 시선을 내렸다.

그곳에는 저포놀이 판이 있었다.

"……!"

맨 마지막에 술백정이 던졌던 주사위 두 개.

그것들이 판 위에 멈춰 서 있는 것이 보인다.

주사위의 맨 윗면에는 무슨 숫자가 나와 있는지 알 수 없었다.

왜냐하면 추이가 마지막에 내질렀던 창날이 두 주사위의
윗면을 절묘하게 깎아 내며 지나갔기 때문이다.

따라서 두 주사위의 맨 위에는 그저 맨들맨들한 나무 면만
이 존재할 뿐, 아무런 숫자도 나와 있지 않았다.

일(一)도 아니고, 이(二)도 아니고, 삼(三)도 아니고, 사(四)도
아니고, 오(五)도 아니고, 육(六)도 아닌, 영(零).

영(零)과 영(零). 도합 영(零)이었다.

술백정의 말은 결승점까지 한 칸을 남겨 놓았으되, 결국
움직이지 못했다.

추이의 창 역시도 술백정의 목젖 직전에 멈추어 움직이지
않는다.

그 상태에서 약간의 침묵이 흘렀다.

"……."

"……."

이윽고.

"……푸핫!"

술백정의 입이 먼저 열렸다.

그는 폭소를 터트리며 고개를 끄덕였다.

"딴엔 맞는 말이군."

그는 들고 있던 개작두를 바닥에 떨궜다.

그리고 턱밑까지 쳐들어온 추이의 창을 귀찮다는 듯 손으

로 밀어냈다.

"그래. 뭘 원하니?"

추이가 말했다.

"전부 다."

다른 수적들이 무어라 말하기도 전에, 술백정이 대답했다.

"그래라."

하극상

장강수로채의 술채가 하루아침에 불타 사라졌다.

산봉우리 위에 있던 수적들의 산채가 불타오르며 남긴 연기와 재는 인근의 강을 시커멓게 물들일 정도였다.

하지만 세간을 놀라게 만든 것은 단지 그 사실만이 아니다.

수적들의 산채에 무더기로 쌓여 있었던 양곡들과 재물들.

그것들이 지난밤 새 가난한 양민들의 집으로 옮겨졌다.

며칠째 풀죽 한 그릇 못 쑤어 먹은 집, 아이를 낳고 산후조리를 전혀 하지 못하고 있던 집, 병자가 있는 집, 그 외에도 농사나 어업이 망하여 당장의 끼니를 걱정하고 있던 수많은 이들.

그들은 어느 날 아침 자신들의 집 마당에 수북하게 쌓인 쌀과 은자들을 보며 기절초풍해야 했다.

이곳 장가촌(杖家村) 역시도 비슷한 경우였다.

"세상에, 이게 다 뭐야."

"귀신이 곡할 노릇이구먼."

"대체 누가 이것들을 여기에 놓고 갔지?"

사람들은 마을 중앙에 수북하게 쌓인 양곡들을 보며 넋을 잃고 있었다.

올해 여름에는 극심한 가뭄으로 인해 비축해 놓은 식량이 없던 처지다.

당장 다가오는 겨울을 나려면 내년 봄을 위해 아껴 두었던 종자라도 꺼내 먹어야 하나, 걱정이 태산 같았는데 이게 무슨 조화란 말인가.

이 정도면 마을 사람들 전체가 충분히 겨울을 날 수 있다.

어딘가에 빚을 지지 않고서도 말이다.

젊은 사람들은 수군거렸다.

"지난밤 새에 웬 텁석부리 사내들이 와서는 양곡을 여기에 쌓아 놓았다는데?"

"근데 그게 장강수로채의 수적들이라는 말이 있어."

"뭐? 수적들이? 별 웃기는 소리 다 듣겠네. 그 숭한 도적 놈들이 무슨 쌀을 나눠 줘."

"그러게 말이야. 뺏어 갈 때는 언제고 참. 허⋯⋯."

수적들이 쌀을 나눠 주고 갔다는 말에 모두가 황당해한다.

하지만 장가촌의 일부 노인들은 고개를 주억거리고 있었다.

"옛날의 장강수로채는 지금처럼 그렇지 않았었지, 암."

"맞아. 거정님께서 계실 적에는 이런 일들이 자주 있었어."

"그때는 정말 의적들의 패거리였었지."

"지금 쌓여 있는 이 양곡들을 보니 마치 그때로 돌아간 것 같구만……."

뭐, 아무튼. 양곡을 가져다 놓은 이들이 수적이면 어떻고 관군이면 어떠랴?

장가촌의 사람들은 신이 나서 양곡들을 집으로 나르기 시작했다.

며칠째 연기가 나지 않았던 굴뚝이 뜨겁게 데워졌고 각 집에서 물 끓이는 소리들이 들려오기 시작했다.

사람 사는 게 별거겠나.

굶고 있던 아이들이 밥을 배불리 먹고, 냉골에서 덜덜 떨던 늙은 부모가 따듯하게 잠들고, 늘 근심에 절어 있던 아내 남편이 오랜만에 웃으면 그걸로 된 것이다.

장가촌 사람들은 실로 오랜만에 찾아온 행복을 만끽하고 있었다.

바로 그때.

한 수적 무리가 장가촌에 모습을 드러냈다.

"얼레? 소문이 사실인가 보네."

얼굴에 칼자국 난 수적 하나가 밥 냄새를 맡고는 콧구멍을 벌름거렸다.

"술채 놈들이 미쳐서는 우리들의 초대도 거부하고, 군량미도 아무 데나 내다 버리고, 뭐 그런다는 말이 진짠가 봐."

"이야. 기껏 뺏은 돈이랑 쌀을 나눠 줘? 이게 뭔 수적 망신이야?"

"인천두님이 격노하시는 것도 이해가 돼."

"하이고, 그것들 다시 일일이 거둬들이려면 한동안 개고생 좀 하겠군."

그들은 인채 소속의 수적들이었다.

십두급 수적 몇몇이 칼을 든 채 장가촌으로 향했다.

마을 입구에서 뛰놀던 아이들이 멋도 모른 채 환호성을 지르며 다가온다.

"고맙습니다 아저씨들! 할아버지 할머니랑 엄마 아빠가 너무 좋아하셨어요!"

한 아이가 수적들을 향해 꾸벅 고개를 숙였다.

그러자 수적 하나가 비죽 웃었다.

"그건 술채의 수적들이고."

"예?"

"우리는 인채 소속이란다."

말을 마친 수적은 아이의 머리끄덩이를 확 붙잡았다.

"지금부터 이 촌구석에 뿌려진 양곡들을 모조리 다시 거둬들인다. 그새 축내 버린 것들은 모두 곱절로 갚아야 할 것이야."

수적들은 저마다 칼을 꺼내 든 채 킬킬거린다.

아이들의 얼굴이 공포로 물들었다.

바로 그때.

"인채에서 벌써 반응이 오는군."

길 너머의 풀숲에서 웃음기 섞인 목소리가 들려왔다.

수적들이 고개를 돌린 곳에서 세 명의 남녀들이 모습을 드러냈다.

얼굴과 옷에 온통 낙엽과 도꼬마리 열매, 가막사리 씨 등이 잔뜩 붙어 있어서 일견 외형을 알아보기 힘들다.

그중 큰 키에 나른한 눈매를 가진 남자가 말했다.

"똥줄이 어지간히도 탔나 보지? 저렇게 쫄따구들을 보내서 재산들을 회수해 오라고 할 정도면."

"뭐라? 쫄따구?"

수적들의 눈매가 사나워졌다.

그들은 손에 칼을 든 채로 풀숲을 향해 걸어 들어왔다.

"네놈들은 뭐냐? 뭔데 뒈지고 싶어 안달이냐?"

"나?"

나른한 눈매의 사내는 고개를 한번 갸웃했다.

그러고는 옆에 있던 여자를 바라보았다.

"우리 둘 다 백정 노릇은 그만두기로 했으니. 이제는 그냥 술(戌)이랑 해(亥)…… 개돼지로군. 멍멍꿀꿀~"

"닥쳐! 나한테는 적향이라는 이름이 있어!"

"그렇게 따지면 나도 견술이라는 멋진 이름이 있지. 아, 나는 이름부터가 견과 술…… 개 중의 개로다. 왕왕-"

이들은 각각 술백정과 해백정이었다.

그리고 그들 사이에 있는 소년의 이름은 당연히 추이다.

"이봐."

추이는 수적들을 바라보며 말했다.

"인백정에 대해 알고 있는 것들을 모두 말해라."

"인백정? 지금 우리 인천두님께 백정이라고 한 거냐, 아해야?"

수적들은 칼을 든 채 킬킬 웃었다.

십수 명이 넘는 쪽수를 믿고 있는 탓이다.

이윽고, 수적 하나가 눈을 빛냈다.

"일단 꼬마야, 네 혀부터 좀 뽑아 놓고 말하자. 거기 뒤에 있는 연놈도 편히 죽을 생각일랑 말거라. 장가촌의 거지새끼들은 그다음이다."

수많은 칼들이 추이를 향했다.

물론.

…썩뚝!

그들 중 제대로 칼을 휘두를 수 있는 이는 한 명도 없었다.

추이가 매화귀창을 한 번 휘둘러 수적들의 무릎을 그어 버렸기 때문이다.

"……어?"

아까 전에 아이를 향해 칼을 들이밀었던 수적이 눈을 휘둥그렇게 떴다.

갑자기 땅이 보이고, 다리에 힘이 풀렸다.

무릎 아래로 힘이 들어가지 않았기에 쓰러지고 나니 다시 일어날 수가 없었다.

"어? 어어?"

그러는 동안 추이가 수적의 머리끄덩이를 잡아 들었다.

어느새 반대편 손에는 송곳 한 자루가 들려 있는 채였다.

"인백정 어디 있어?"

"…….."

"말할 것 없으면 죽고."

그제야 수적들은 현실을 자각할 수 있었다.

말 한마디를 잘못해서 앉은뱅이가 되었고, 이제는 목숨마저 빼앗기게 생겼다는 사실을 말이다.

추이는 계속해서 인채를 향해 나아간다.

그동안 적향과 견술은 계속해서 추이의 뒤를 따라오고 있었다.

"……."

추이는 잠시 발걸음을 멈춰 세웠다.

매화귀창을 만들어 줬던 적향이야 그렇다 치고, 견술은 왜 따라오는지 모를 일이다.

그래서 추이는 견술을 향해 말했다.

"하나 묻지."

"어. 물어봐."

"그만 따라와라."

"그건 물어보는 게 아니지 않니?"

견술은 피식 웃으며 머리를 긁었다.

"니 말 듣고 부하들 해산시키고, 산채에 불 지르고, 쌓아 놨던 재물들까지 다 양민들 나눠 줬는데도 나를 못 믿어?"

"……."

추이는 잠시 생각에 잠겼다.

실제로, 견술은 추이의 말을 고분고분 따랐다.

창고에 산더미처럼 쌓여 있던 금괴, 은원보, 촉금(蜀錦), 양곡 등등을 힘없고 가난한 이들에게 모두 나누어 주었다.

견술은 한마디 불평도 없이, 미련도 없이 모든 것들을 털어 버렸고 그 뒤부터는 이렇게 계속 추이를 쫓아오고 있는 것이다.

"따고 배짱도 아니고, 설욕전 해야지?"

손에 쥔 윤목과 저포말들을 연신 던졌다 받으며 웃는 견술.

추이는 귀찮다는 듯 말했다.

"저포놀이는 끝났다. 졌으면 그만 꺼져."

"그건 아니지. 내가 지긴 왜 져."

"?"

추이의 말에 견술은 이의를 제기했다.

"네가 네 입으로 그랬잖아. 주사위는 끝까지 던져 봐야 안 다고."

"……."

"내가 던져서 0이 나왔다는 건 알겠는데. 그런 논리대로라 면 뒤에 네가 던져서 무슨 숫자가 나올지, 그것도 모르는 거 아닌가? 어쨌든 너도 아직 안 던진 거니까."

"……."

"그리고 저포판의 규칙에는 두 개의 윤목이 같은 면을 드 러내 보였을 때, 윤목을 한 번 더 던진다는 것도 있다고. 그 러니까, 엄밀히 말하면 나는 그때 윤목을 한 번 더 던졌어야 했어."

영(零)과 영(零). 도합 영(零)이었어도 같은 숫자가 나온 걸로 간주하느냐, 그렇지 않느냐.

견술은 지금 이 점에 대해 항의하고 있는 것이다.

추이가 미간을 찡그렸다.

"그럼 그때 그렇게 말하지 그랬나?"

"호호호— 그때 그랬으면 우리 예쁜이가 예 알겠습니다—했을까? 귀찮으니까 그냥 내 모가지를 따 버렸지 싶은데?"

"그도 그렇군."

"그렇지? 그러니까 이렇게 따라다니면서 툴툴거리기라도 해야지. 재대결을 해 줄 때까지."

견술은 한쪽 손에 든 윤목과 다른쪽 손에 든 개작두를 흔들어 보였다.

스윽……

추이가 창을 들어 올렸다.

아마 그 재대결이라는 것을 여기서 해 주려는 모양.

그때, 적향이 추이를 말렸다.

"관둬. 제대로 붙으면 서로 귀찮아져."

그녀는 추이의 귓가에 대고 작은 소리로 속삭였다.

"견술, 저 미친놈은 실력이 상당해. 자 사형과 축 사형도 인정했을 정도였어. 아무리 너라도 기습이 아니면 피해 없이 이기기 힘들걸?"

"상관없다."

"상관이 없지 않아. 지금 네가 벌이려고 하는 일을 생각해 보라고."

"……"

적향의 어조는 시종일관 진지했다.

"장강수로채의 인채를 치러 가는 거잖아. 이게 뭘 뜻하는
지 몰라?"

"……."

"무려 사도십오주의 한 축을 무너트리러 가는 거야. 예전
에 네가 걸어온 여정에 빗대자면…… 그래! 남궁세가를 무너
트리려고 하는 거랑 비슷하다고."

무림맹을 구성하는 정도십오주에 남궁세가가 있다면 사도
련을 구성하는 사도십오주에는 장강수로채가 있다.

그리고 추이는 현재 그 장강수로채의 실질적 최강인 인백
정을 잡으러 가고 있는 것이다.

적향이 말을 계속했다.

"아무리 내분이 일어나서 스스로 무너지는 중이더라
도…… 인백정은 장강수로채의 대부분을 장악하고 있는 고
수야. 결코 쉽지 않은 싸움이 되겠지."

"하고 싶은 말이 뭐냐?"

"같은 편이 하나라도 더 있어야 한다는 거지. 최소한 적으
로 돌리지는 말자 이거야."

그러자 견술이 적향의 말을 받았다.

"사매가 의외로 머리가 좋네. 근데 스승님께서는 왜 사매
를 밖으로 내치셨을까? 이렇게 잔대가리 잘 굴리는 것 보면
인백정 놈 손아귀 속에서도 샥샥 잘 살아남았을 것 같구만."

"넌 좀 닥쳐!"

"어허. 말이 심하군 사매. 그래도 내가 사형인데."

능글거리며 딴청을 피우는 견술, 걱정이 많아 보이는 적향.

하지만 추이는 별다른 동요를 보이지 않고 있었다.

마치 아무런 계획도, 생각도 없는 사람처럼.

거사를 앞두고 이렇게 태연자약하기도 힘든 일이다.

그 점이 못내 신기했는지, 견술이 물었다.

"근데 구체적인 계획이 뭐니 너네? 나야 그렇다고 쳐도 인백정 놈은 어떻게 치러 갈 생각이지? 거기에는 그놈에게 붙어먹은 다른 사형, 사매들도 많을 텐데."

"글쎄, 그건 아직 나도……."

적향도 우물쭈물하며 추이를 돌아보았다.

그러자 추이가 되레 묻는다.

"꼭 무슨 계획이 있어야 하나?"

"?"

"?"

적향과 견술의 표정이 멍해졌다.

하지만 그러거나 말거나, 추이는 여전히 태연했다.

"그냥 정면돌파할 생각이다."

애초에, 추이는 복잡한 계획을 세우는 부류의 인간이 아니었다.

그냥 쳐들어가서 다 찔러 죽이는 것.

이보다 더 간편한 방법이 어디 있겠나.

인채(寅砦).

장강수로채의 세 번째 산채로 높고 험준한 봉우리 위에 목책과 돌을 쌓아 만든 천혜의 요새다.

지금 이곳에는 마상격구(馬上擊毬) 대회가 한창 뜨겁게 벌어지고 있었다.

다그닥- 다그닥- 다그닥-

말을 탄 장정들이 장시(杖匙)라는 이름의 긴 나무 막대기를 휘두른다.

…따악!

그들은 장시를 뻗어 나무로 된 공을 후려쳤고, 그것을 이백오십 보 너머에 있는 상대편의 구문(毬門)에 집어넣기 위해 치열하게 겨루고 있었다.

그리고 수많은 격구 선수들 중, 단연코 눈에 띄는 한 사내가 있었다.

"비켜라! 잡졸들아!"

얼굴에 털이 많고 두 팔이 기괴하리만치 긴 장신의 남자.

그는 적들을 뚫고 단기필마로 내달려 구문 바로 앞까지 질주했다.

신백정 원이후(元二猴).

유독 긴 그의 팔에 장시가 들리니 공이 예측할 수 없는 거리에서 움직인다.

상대편의 선수들은 그를 막지 못해서 계속 쩔쩔매고 있었다.

그때.

"원숭이 사형 혼자만 주목받게 할 수는 없지."

신백정의 앞으로 또 다른 사내가 나타났다.

눈빛이 사납고 머리털이 위로 삐죽삐죽 솟아나 있는 남자가 장시를 들고 신백정의 앞을 막아섰다.

유백정 늑(肋). 그가 눈을 싸움닭같이 부라리며 신백정과 공을 다툰다.

"야 이 투계 같은 놈아! 공을 쳐야지 왜 나를 치려 하느냐!?"

"사형이 자꾸 원숭이처럼 샥샥 피해 다니니까 이러는 것 아뇨!"

신백정과 유백정은 장시를 이용해 서로를 공격하고 있었다.

사실 이쯤 되면 격구가 아니라 숫제 창봉술 비무에 가깝다.

바로 그때.

"어허– 정작 공이 놀고 있지 않으냐? 그럼 쓰나."

신백정과 유백정 사이에 있는 공을 귀신같이 낚아채 가는 이가 있었다.

갈색 피부에 긴 장발을 휘날리며 말을 모는 사내.

오백정 마맹(馬孟)이 어느새인가 공을 빼앗아 달린다.

그는 장강수로채의 천두들 중 가장 마상격구를 잘하기로 소문난 사내였다.

"이런! 정작 공을 뺏기면 의미가 없지."

"사형! 치사하우! 공 다시 주슈!"

신백정과 유백정은 부리나케 오백정의 뒤를 쫓아간다.

하지만 오백정은 거의 신기라고 불러도 좋을 정도의 기마술로 두 천두를 따돌리며 적진의 구문을 향해 달려가고 있었다.

그때, 오백정의 앞을 가로막는 이가 있었다.

"안 되지."

붉은 얼굴에 두 갈래의 긴 수염을 기른 거한.

마치 관운장 두 명이 붙어 있는 듯한 풍채다.

그를 본 오백정의 두 눈이 가늘어졌다.

"……진 사형."

그가 바로 진백정 강교(姜蛟)였다.

지금 마상격구를 위해 모여든 이들 중에 무공이 가장 고강한 천두이기도 했다.

오백정은 이를 악물고 장시를 놀렸다.

"비무에서는 져도 격구로는 안 지오."

"……음!"

진백정 역시도 내력이 실린 장시를 뻗어 오백정의 공을 노린다.

따-악!

힘과 힘, 두 천두는 한 치의 양보도 없이 서로 팽팽하게 맞붙어 싸우고 있었다.

거기에 각각 신백정과 유백정 역시도 끼어들었다.

"내공 싸움이라면 나도 자신 있다!"

"싸움은 기술로 하는 거라고!"

용, 말, 원숭이, 닭이 서로 뒤엉켜 싸우기 시작했다.

네 개의 장시가 실타래처럼 뒤엉키며 복잡하게 꼬여 간다.

한편, 그 광경을 멀리서 지켜보고 있는 여인네들이 있었다.

"……하여튼 사내들이란. 저런 쓸닥다리도 없는 공놀이가 무에 그리 중요하다고. 쯧쯧-"

"그러게 말이야. 괜히 헛힘 쓰는 데에는 도사들이지. 저런 데서 땀 흘릴 바에는 내 산채에 와서 수금이나 좀 돌아 줄 것이지."

깡마른 몸에 난초 문신을 새긴 여인과 굵은 통뼈를 자랑하는 거구의 여인 둘이 나란히 앉아 있다.

신경질적으로 생긴 작은 여인이 묘백정으로 불리는 모아

(牟娥), 펑퍼짐한 털가죽 외투를 걸치고 있는 거구의 여인이 미백정으로 불리는 양앙녀(良鴦女)였다.

묘백정과 미백정은 멀리서 싸우는 사내들을 바라보며 고개를 절레절레 흔들었다.

"저런 땀내 나는 풍경을 보려고 여기까지 온 게 아닌데 말이야."

"진 사형과 오 사형만 신났어 아주. 어휴, 저 원숭이랑 닭놈도 꽥꽥거리면서 아주 살판이 났네."

"쩝– 스승님 계실 적에는 경기가 저렇게 따분하게 길어지지도 않았는데."

"맞지 맞지. 스승님은 항상 순식간에 끝내 버리셨으니…… 헉!?"

순간, 그녀들의 대화가 뚝 멎었다.

지겹다는 듯 구겨져 있던 그녀들의 표정이 싹 펴졌다.

동시에 계절감 없는 땀방울들이 이마에서 주룩주룩 흘러내리기 시작했다.

두 여인네의 뒤에서 나지막한 목소리가 들려왔다.

"스승님 이야기는 금지라고 했잖아, 사매들."

묘백정과 미백정, 두 여자의 어깨를 짚는 손이 있었다.

하얗고 고운 손.

그 손의 주인은 역시나 아름다운 미인이었다.

언뜻 보기에는 여자라고 생각될 정도로 곱상한 얼굴.

하지만 곰처럼 떡 벌어진 어깨와 늑대처럼 날렵한 허리, 상체와 하체를 모두 덮고 있는 호랑이 가죽은 그의 남성성을 한층 더 부각시킨다.

묘백정과 미백정이 덜덜 떨리는 목소리로 말했다.

"죄, 죄송해요 사형…… 제, 제, 제가 그만 실언을……."

"그, 그…… 하, 하려고 했던 게 아니옵고…… 그만 깜빡……."

하지만 걱정과 달리, 남자는 온화한 미소로 그녀들을 다독였다.

"알았으면 됐다. 앞으로는 조심해 다오, 사매들."

동시에, 그는 묘백정과 미백정의 사이를 지나 앞으로 걸어갔다.

도중에 말 한 마리를 잡아 탄 그는 그대로 마상격구 시합장 중앙으로 달려간다.

다그닥- 다그닥- 다그닥-

공을 두고 각축전을 벌이고 있던 네 천두들이 고개를 돌렸다.

"!"

"!"

"!"

"!"

진백정, 오백정, 신백정, 유백정.

네 천두들의 앞으로 장시 하나가 휘둘러졌다.

"큭!?"

진백정이 제일 먼저 반응을 보였다.

우지끈!

그의 장시가 부러져 나가며, 말의 다리가 꼬인다.

진백정은 그대로 바닥에 떨어져 굴렀다.

다음은 오백정이었다.

"어헉!?"

오백정은 자신을 짓누르는 내력 앞에 속수무책으로 곤두박질쳤다.

우당탕!

결국 오백정 역시도 바닥을 데굴데굴 구르는 신세가 되었다.

"헉!"

"흐익!?"

신백정과 유백정은 일찌감치 대항을 포기한 채 말머리를 뒤로 돌렸다.

사 대 일의 전투가 싱겁게도 끝나 버렸다.

순식간에 제압당해 버린 네 천두.

하지만 지켜보던 수적들 중 그 누구도 놀라지 않았다.

그저 당연한 일인 양 고개를 주억거릴 따름.

다그닥– 다그닥– 다그닥–

네 천두들의 앞으로 아름다운 미색의 사내가 말을 몰아 왔다.

"이거 사제들 노는 데 끼어들어서 미안하게 됐구나."

태연하게 장시를 뻗어 공을 차는 그가 바로 인백정 가정맹(苛政猛), 장강수로채의 차기 채주였다.

"이거, 인 사형은 도저히 못 당하겠습니다."

마상격구를 가장 잘하는 오백정이 머리를 긁적이며 웃었다.

그를 내려다보던 인백정 역시도 싱긋 웃었다.

흰 이마 위로 단아하게 쓴 유건(儒巾).

그 아래로 휘어진 눈꼬리에 붉은 기가 맴돈다.

그 아름답고도 퇴폐적인 시선에는 저 멀리서 지켜보던 묘백정과 미백정도 가슴을 누를 정도였다.

"……역시 인 사형의 미모는 알아줘야 해."

"사내가 어찌 저리 아름답담. 여리여리해서 꼭 백면서생 같잖아."

하지만 인백정은 이 산채의 주인이자 현시점 장강수로채의 최강자이다.

어찌 서열 삼 위에 불과하던 그가 이렇게 단시간 내에 급부상했는지는 알 수 없으나, 애초부터 그보다 서열이 낮고 무공이 약했던 다른 천두들로서는 그냥 그러려니 할 수밖에 없는 일이었다.

한편, 인백정은 눈앞에 있는 토끼, 용, 말, 양, 원숭이, 닭 사제들을 쭉 돌아보며 말했다.

"사(巳) 사제는 어디에 있느냐?"

그러자 뒤에서 전음(傳音)이 들려왔다.

-나는 여기에 있소, 인 사형.

"그렇구나. 또 그림자 속에 숨어 있느냐?"

-살수(殺手)에게 밝고 시끄러운 곳은 부담스럽소이다.

"그래. 알겠다."

인백정은 저 멀리 누각 아래의 그림자를 보며 고개를 끄덕였다.

사백정 당삼랑(唐三郎).

자신의 둘째 사제가 저기 어딘가에 숨어 있다.

이로서 사제들이 모두 모인 셈이다.

"……두 놈을 제외하면 말이지."

인백정은 턱을 쓸었다.

술백정 견술, 그리고 해백정 적향.

이 둘만은 자신의 소집령에 응하지 않았다.

첫째 자백정과 둘째 축백정은 둘 다 배분이 자신보다 높은 사형이니 그렇다고 쳐도, 가장 아래 서열의 둘이 자신의 명령에 따르지 않았다는 것은 불쾌한 일이었다.

"뭐. 곧 얼굴 보고 얘기할 기회가 있을 테니까."

인백정은 피식 웃으며 장시를 집어 던졌다.

그러고는 막사 주변에 있는 부하들을 향해 말했다.

"사제들이 시장하겠다. 어서 식사 준비를 해라."

누구의 분부라고 지체할까, 수적들은 분주하게 연회 준비를 시작했다.

천두들이 마상격구를 하는 동안 이미 연회장은 거의 다 완성되어 있었다.

커다란 누각 중앙에 마련된 대연회석은 인백정과 나머지 일곱 천두들은 물론 그들이 이끌고 온 수백 명의 수적들까지 너끈히 들어갈 수 있을 정도로 넓었다.

서서히 음식들이 날라져 온다.

산봉우리 아래의 마을 곳곳에서 납치해 온 숙수들이 죽어라고 요리한 진미들이 차례차례 모습을 드러냈다.

연와(燕窩)찜, 교룡의 지느러미로 만든 어시(魚翅), 애저(哀猪)구이, 촉새 술찜, 오리 발바닥 볶음, 자라탕, 곰 발바닥 꿀절임, 잉어 회, 박쥐 튀김, 원숭이 생골, 송로버섯과 말린 전복, 해삼을 섞어 무친 산해진미들이 줄지어 깔렸다.

가려 뽑은 기녀들이 노래를 불렀고 마찬가지로, 가려 뽑은 악사들이 악기를 연주했다.

인, 묘, 진, 사, 오, 미, 신, 유.

인백정을 필두로 한 여덟 사형제들은 그렇게 먹고 마시며 연회를 즐기고 있었다.

바로 그때.

"채주님!"

인채의 한 수적이 다급한 어조로 인백정을 찾았다.

"뭐냐?"

인백정은 느른한 어조로 물었다.

그는 자신을 채주라고 칭한 부하에게 별다른 말을 하지 않았다.

다른 사형제들 역시도 이를 당연하게 받아들이고 있었다.

하지만.

"초, 초청하지 않은 객들이 왔습니다요."

이어지는 부하의 보고에 모든 이들의 표정이 급변한다.

묘, 진, 사, 오, 미, 신, 유의 낯빛이 하얗게 질렸다.

동시에 인백정의 입꼬리가 비죽 말려 올라갔다.

"불청객이 몇 명이냐?"

"두, 둘입니다."

"그렇군."

보고를 받고 상황 파악을 끝낸 인백정이 사형, 사매들을 돌아보았다.

"아무래도 자 사형과 축 사형이 오신 것 같구나."

인백정의 눈꼬리가 한층 더 붉은 도화색으로 물들었다.

그 치명적인 색기에 주변에 있는 기녀들마저 홀려 버릴 정도.

스윽—

인백정은 자리에서 일어났다.

그리고 일어나지도, 계속 앉아 있지도 못한 채 엉거주춤한 자세를 취하고 있는 사형제들에게 말했다.

"안으로 뫼셔 오너라."

그 말을 끝으로 인백정은 누각 안으로 들어가 버렸다.

그와 거의 동시에, 연회장 중앙의 문이 열렸다.

우지끈! 콰—쾅!

철문에 덧대어 놨던 굵은 빗장 세 개가 썩은 나무토막처럼 부서져 나갔다.

두 명의 남자가 장원 안으로 걸어 들어온다.

"……밤하늘에 천살성(天殺星)이 떴구나."

"흉성(凶星)은 역시 흉성(凶性)이오. 타고난 것은 바뀌지 않나 보오."

자백정 서우학(徐宇鶴)과 축백정 우철우(禹鐵牛).

본래 장강수로채의 채주가 되었어야 할 적통들이었다.

　　　　　　　　　　※

밤하늘에는 아무것도 없다.

달도 별도 구름도, 모든 것들이 두려움에 떨며 자취를 감추었다.

단 하나를 제외하고 말이다.

붉은 별.

홀로 뜬 혈성(血星).

밤하늘의 정중앙에서 시뻘겋게 타오르는 별 하나가 형형한 빛을 뿌리고 있었다.

흰 장포에 흑립을 쓴 자백정 서우학이 침음을 삼켰다.

"천살성의 기운이 한층 더 강대해졌구나. 지난밤 별점에선 보이지 않았던 일인데. 이해하지 못할 변고로다."

투구와 갑옷을 입은 축백정 우철우가 고개를 끄덕였다.

"형님의 별점마저 비틀어 버릴 정도면 인 사제가 준비를 많이 했나 봅니다."

"하긴. 하극상을 일으켜 채주직을 강탈할 정도면 어딘가 믿는 구석이 있겠지."

자백정이 장검을 빼 들며 웃었다.

축백정 역시도 육십이 근이나 나가는 육중한 월아산을 들어 올렸다.

그리고 두 사형의 앞으로 여러 명의 천두들이 내려섰다.

묘백정, 진백정, 오백정, 미백정, 신백정, 유백정.

토끼, 용, 말, 양, 원숭이, 닭이 쥐와 소를 마주한다.

진백정이 입을 열었다.

"사형들 오셨소?"

"불렀으니 왔지. 우리가 어디 못 올 데 왔느냐?"

자백정의 말에 묘백정이 미간을 찡그렸다.

"사형. 오랜만에 뵈었는데 이렇게 불편한 분위기는 좀 별로네요."

"나는 네가 전혀 불편하지 않다, 사매. 만약 네가 나를 대하기가 불편하다면 그것은 네 태도가 변해서 그렇겠지."

축백정이 앞으로 나서며 말했다.

오백정이 그 앞을 가로막았다.

"사(巳) 사제도 여기에 있습니다."

"그런가. 그 조용한 녀석도 인 사제를 돕기로 했나 보군. 의외야."

"사실상 사형들 두 분만 아니시면 모두가 인 사형을 지지하고 있습니다. 계속 이렇게 분열을 야기하실 겁니까?"

"분열이라니? 우리가 뭘 했다고. 허허허— 그런데 술 사제와 해 사매가 안 보이는구나? 그 둘은 어디 있느냐?"

자백정의 말에 천두들은 하나같이들 입을 다문다.

축백정이 웃었다.

"모두가 스승님께 등을 돌린 것은 아니로군. 하기야, 술 사제와 해 사매는 기개 있는 인간들이지. 네놈들과 달리 말이야."

그 말에 묘백정, 진백정, 오백정, 미백정, 신백정, 유백정의 표정이 딱딱하게 굳었다.

"아무리 사형들이라고 해도 더는 용납하기가 힘들어요."

"투항하시오. 그렇다면 옛정을 생각해서라도 인 사형께

잘 말해 주겠소."

"우리는 여섯이야. 그림자 속에 숨어 있는 사 사제까지 합치면 일곱이지."

"거기에 인 사형도 있어요. 인 사형의 무공은 단연코 최강이지요."

"거, 웬만하면 좋게 좋게 갑시다. 나도 사형들과 싸우기 싫소."

"막내로 하여금 패륜을 저지르게 하지 마십시다."

하지만 자백정의 대답은 짧았다.

"다들, 손등꿰기의 맹세를 잊었는가?"

그 말이 나오자 여섯 천두들의 입이 거짓말처럼 다물렸다.

손등꿰기의 맹세. 그것은 장강수로채의 열두 천두들의 서열을 정했던 과거의 의식이었다.

막내가 손바닥을 사발 위에 올린다.

그다음 막내가 손바닥을 그 위에 올린다.

그다음 막내가 손바닥을 그 위에 위에 올린다.

그다음 막내가 손바닥을 그 위에 위에 위에 올린다.

이렇게 해서 제일 위에는 맏이의 손바닥이 올라간다.

다음. 긴 송곳 한 자루가 열두 개의 손바닥을 단숨에 꿰뚫어 관통한다.

송곳을 빼내고 나면 위에서부터 뿜어져 나오는 핏물이 아래로 흘러내린다.

제일 위의 피가 흘러내려 아래 손바닥의 구멍을 지나 더 아래 손바닥의 구멍을 지나 더 아래 손바닥의 구멍을 지나 결국에는 맨 밑에 있는 사발에 고인다.

위에서부터 흘러내린 핏물은 아래의 구멍을 지나며 더욱 더 진하고 붉은 피가 되어 사발에 섞이고, 열두 개 구멍의 주인들은 그 사발에 담긴 피를 나누어 마시는 것이 바로 손등 꿰기의 맹세 의식이었다.

가장 위에 있는 이의 피가 아래에 섞이고, 또 그 아래에 섞이고, 또 그 아래에 섞이고, 이렇게 해서 피에 새겨진 순서.

그것이 바로 자(子), 축(丑), 인(寅), 묘(卯), 진(辰), 사(巳), 오(午), 미(未), 신(申), 유(酉), 술(戌), 해(亥)의 십이지 서열이다.

자백정과 축백정은 자신의 왼손을 들어 올렸다.

손등에는 송곳에 의해 뚫렸다가 아문 흉터가 뚜렷하게 남아 있었다.

"......."

"......."

"......."

"......."

"......."

"......."

묘백정, 진백정, 오백정, 미백정, 신백정, 유백정 역시도 자신들의 왼손을 내려다보았다.

역시나 서열 맹세 당시를 떠올리게 하는 흉터의 흔적이 뚜렷했다.

자백정이 말했다.

"사제, 사매들은 부끄러움을 알고 물러나라. 그리고 스승님의 안부와 위치를 말해 다오."

하지만 그럼에도 불구하고 천두들은 물러나지 않았다.

다만.

"사형들. 이해해 주시오. 스승님의 철학은 시대에 뒤떨어진 것, 이것이 마땅한 흐름이오. 도적은 도적다워야지."

진백정을 필두로 전투준비를 할 뿐이었다.

자백정과 축백정의 표정도 굳었다.

결국에는 문답(問答)이 무용(無用)한 일이었다.

"하—앗!"

여섯 명의 천두들이 제각기 자리를 박찼다.

묘백정은 쌍검을 들고 몸을 풍차처럼 돌리며 사나운 검풍을 일으켰다.

진백정은 커다란 철퇴를 휘두르며 눈앞의 모든 것들을 깨부술 듯 돌진했다.

오백정은 한 자루의 긴 장창으로 눈부신 창술을 선보였다.

미백정은 사슬낫을 휘두르며 주변의 모든 것들을 토막 내버렸다.

신백정은 심후한 내력이 담긴 쌍장을 내질렀다.

유백정은 한 자루의 긴 장검을 휘두르며 기묘한 곡선을 그려 냈다.

여섯 절정고수들의 합공이 펼쳐지자 천지가 뒤집어지는 듯한 굉음이 터져 나왔다.

……그러나.

"이렇게 사제들과 노는 것도 오랜만이군."

"그간 격조했습니다, 사형."

자백정과 축백정은 태연한 기색이었다.

이윽고, 자백정의 장검과 축백정의 월아산이 각자 시퍼런 강기를 머금었다.

…번쩍!

여덟 개의 공격이 한 곳에서 엉켜들었다.

환한 빛무리와 함께, 무시무시한 공방전이 벌어지기 시작했다.

쩌-엉! 쩡! 쩌저저저적!

자백정의 장검은 묘백정의 쌍검, 진백정의 철퇴, 오백정의 장창을 눈 깜짝할 사이에 튕겨 냈고 찰나의 틈을 비틀고 들어갔다.

축백정의 월아산은 미백정의 사슬낫, 신백정의 두 손바닥, 유백정의 장검을 힘으로 짓눌러 버렸다.

…퍼퍼퍼퍼펑!

여섯 천두들은 자신들의 내력이 갈가리 찢겨 나가는 것

도 모자라 단전까지 치고 들어오는 충격에 놀라 뒤로 나자 빠졌다.

그 앞으로 검을 비껴 든 자백정이 천천히 걸어왔다.

"그대로 앉아 있거라. 사제들을 다치게 하고 싶지는 않다."

여섯 명의 천두는 대답할 말이 없어 그저 멍한 표정만 짓고 있을 뿐이다.

그 앞으로 축백정이 지나가며 한 말을 보탰다.

"방금의 일격에서 자 사형은 실력의 일 할도 내지 않으셨다."

"……!"

묘백정, 진백정, 오백정, 미백정, 신백정, 유백정의 표정이 경악으로 물든다.

자신들의 무기는 이미 산산조각 났고 기혈 역시 불안정하게 떨리고 있다.

심지어 무기를 들었으니 망정이지, 맨손으로 싸웠던 신백정은 아예 두 손이 피투성이로 물들어 있었다.

그런 마당에 자백정과 축백정은 태연자약하기 그지없다.

심지어 실력의 일 할도 다하지 않았다니.

여섯 천두들의 표정에 불안감이 스쳤다.

"……."

"……."

"……."

"……."

"……."

"……."

차기 채주로 일찌감치 낙점되어 있던 자백정, 그리고 자백
정의 오른팔이라 불리는 축백정이 아닌가.

전 채주 공제환 역시도 이 두 수제자가 버티고 있는 한 장
강수로채는 끄떡없을 것이라 든든해했었다.

이런 마당에서 인백정의 편을 계속 드는 것이 맞을까?

여섯 천두들 입장에서도 이 점이 계속 못내 찜찜한 것이었
다.

결국.

…풀썩!

묘백정이 자리에 주저앉은 채 그대로 뻗어 버렸다.

의식은 있지만 일어서기를 포기한 것이다.

그 뒤를 이어 진백정, 오백정, 미백정, 신백정, 유백정이
차례대로 드러누웠다.

자백정이 희미하게 웃었다.

"잘 생각했다. 방금의 그 결정을 후회하지 않을 것이야."

이윽고, 자백정과 축백정은 여섯 천두들의 앞을 지나쳐 누
각으로 향하는 계단을 올랐다.

끼기기기긱……

두꺼운 중문이 열리며 안쪽에 있던 수적들이 머리를 조아린다.

자백정과 축백정은 안뜰로 접어들었다.

"어서들 오시오."

구 층 누각의 꼭대기에서 인백정의 목소리가 들려왔다.

인백정 가정맹. 그가 해사하게 웃으며 난간 아래를 내려다보고 있었다.

자백정이 물었다.

"인 사제. 나를 감당할 자신이 있는가?"

"있으니 불렀겠지요."

인백정의 태연한 대답에 축백정의 눈꼬리가 사납게 찢어졌다.

"이놈! 스승님은 어디 계시냐! 대체 무슨 짓을 꾸미고 있는 게야!"

"후후후후—"

인백정은 대답하지 않고 그저 웃을 뿐이다.

자백정이 작게 한숨을 쉬었다.

그러고는 검을 내려놓고 타이르듯 말했다.

"맹아."

"……."

"네 오성이 뛰어나고 자질이 비범하다는 것은 내 잘 안다. 하지만 이것은 아니다."

"……."

"분명 옛날에는 착한 사제였거늘, 지금은 왜 이렇게 변했느냐? 너 역시도 항상 입버릇처럼 말하지 않았더냐. 천살성의 팔자를 타고났다고 해서 그에 끌려다니기만 하라는 법은 없다고. 반드시 운명을 바꿀 것이라고 네 스스로……."

하지만 자백정의 말은 끝까지 이어지지 못했다.

인백정이 귀찮다는 듯 손사래를 쳤기 때문이다.

"쥐새끼 같은 소리는 그만 듭시다. 이제 피차 충고할 사이도 아니지 않소."

"이놈! 어딜 사형에게 버릇없이!"

"축 사형도 그만 짖어 대시오. 귀가 따갑소."

인백정이 난간 위로 올라섰다.

순간.

"……!"

"……!"

자백정과 축백정은 보았다.

밤하늘의 붉은 별이 더더욱 섬뜩하게 빛나는 것을.

이윽고.

츠츠츠츠츠츠츠……

인백정의 몸 주위로 붉은 기운이 일렁거리기 시작했다.

동시에 주변에서 기분 나쁜 웃음소리들이 들려온다.

히히히히히히히히히히히히—

자백정의 두 눈이 가늘어졌다.

"철우야. 들었느냐?"

"예, 사형. 틀림없이 들었소."

"스승님의 웃음소리셨지?"

"분명했소."

자백정과 축백정은 황당하다는 듯 고개를 들어 인백정을
바라보았다.

인백정이 미소 지었다.

"어찌하여 내가 내공을 끌어올릴 때 스승님의 웃음소리가
나는지, 궁금하오 사형들?"

그의 몸에서는 피를 끓여서 만들어 내는 것 같은 붉은 안
개가 뭉게뭉게 피어오르고 있었다.

그 압도적인 불길함 앞에 자백정과 축백정이 무기를 들었
다.

"처음 느껴 보는 내력이로다. 예전에 포달랍궁의 무인들과
겨뤄 본 적이 있었는데 그때보다도 훨씬 더 이질적이구나."

"나는 해동(海東)에서 저것과 비슷한 사술(邪術)들을 견식했
던 적이 있었소."

자백정의 장검과 축백정의 월아산이 인백정의 기세를 앞
두고 징징 울리기 시작했다.

이윽고, 인백정이 누각에서 펄쩍 뛰어내려 바닥으로 내려
섰다.

구 층에서 뛰어내렸음에도 불구하고 흙바닥에는 발자국이 남지 않았다.

흙먼지조차 한 점 일지 않는 그 기이한 광경을 보며, 자백정이 헛웃음을 머금었다.

"확실히, 믿는 구석이 있었구나. 어디서 요상한 세외마공(世外魔工)을 배워 왔어."

"사형. 나는 처음부터 전력으로 가겠소. 저 마공이 해동에서 건너온 것이라면…… 시간을 끌어 좋을 것이 없소."

자백정과 축백정이 자세를 잡았다.

인백정의 표정이 차분하게 가라앉는다.

스르릉—

그는 허리춤에서 한 자루의 긴 칼을 빼 들었다.

칼날이 기이하리만치 휘어져 있는 만곡도(蠻曲刀)였다.

"한꺼번에 오시오, 사형들."

자(子)와 축(丑), 그리고 인(寅).

장강수로채의 첫째, 둘째가 셋째를 합공하고 있는 기묘한 형국이었다.

묘백정, 진백정, 오백정, 미백정, 신백정, 유백정.

그들은 땅바닥에 누워 있다가 슬쩍 몸을 일으켰다.

고개를 돌리니 저 멀리서 주춤거리고 있는 부하들이 보였다.

여섯 천두들의 눈매가 사나워졌다.

"……처리해야겠지?"

"당연하지. 봤으면 죽어야지."

묘백정과 미백정이 먼저 움직였다.

자신들의 목을 향해 떨어져 내리는 병장기들을 보며, 수적들이 다급하게 소리쳤다.

"두, 두목님! 어째서……!?"

"내가 무릎 꿇는 것을 봤잖냐. 본 놈이 나쁜 거야."

그들은 자신들의 추한 모습을 목격했던 부하들을 남김없이 베어 죽였다.

진백정, 오백정, 신백정, 유백정 역시도 질세라 부하들을 학살했다.

자백정과 축백정의 앞에서 비굴하게 누워 있었던 모습이 행여나 소문이라도 날까 두려웠기 때문이다.

이윽고, 연회장이 온통 피로 물들었다.

이제 여섯 천두들의 굴욕적인 모습을 목격했던 이는 아무도 없게 되었다.

그들은 병장기에 묻은 피를 털어 내며 말했다.

"안뜰의 상황은 어떻게 될까? 자 사형과 축 사형은 그새 더 강해진 것 같아."

"뭐야. 그럼 인 사형이 진다는 말이야?"

"무슨! 우리는 봤잖아! 인 사형의 힘을. 그건 도저히 사람의 힘이 아니었다고."

"아무리 그래도 자 사형이랑 축 사형이 합공을 하는데, 그걸 버틸 재간이 있으려고?"

"맞아. 원래 자 사형이 차기 채주였고 축 사형은 자 사형보다도 강하지만 그냥 서열상으로 양보한다는 느낌이었잖아."

"젠장, 이럴 줄 알았으면 나도 술 사제나 해 사제처럼 관망할 것을."

인백정은 강하다.

그렇기에 여섯 천두들은 그의 밑에 붙기를 선택했다.

하지만 자백정과 축백정 역시도 강하다.

원래 장강수로채의 채주와 부채주가 되었어야 할 그들이 합공을 한다면 천하의 그 누가 당해 내랴?

여섯 천두들의 표정이 심각해졌다.

그때, 이들 중 가장 맏이인 묘백정이 말했다.

"까짓거, 뭘 고민해. 이기는 놈한테 붙으면 되지."

그 말에 다른 천두들의 표정도 밝아졌다.

"저 셋이 싸워서 인 사형이 이기면 그냥 이대로 있으면 돼."

"만약 자 사형과 축 사형이 이기면?"

"그럼 인백정 놈에게 협박당했다고 하고 싹싹 빌면 되고."

"맞아. 축 사형은 몰라도 자 사형은 워낙에 인자하니까……."

"그럼 저 너머에서 누가 살아 나오느냐에 따라 우리들의 행보도 달라지겠군."

막내 유백정의 마지막 말에 모두가 고개를 끄덕였다.

그들은 눈치를 보며 중문 앞을 서성거리기 시작했다.

유백정이 짜증스럽게 중얼거렸다.

"나도 술 사제처럼 오지 말 걸 그랬소. 그러면 그냥 내 산채에서 마음 편히 살 수 있었을 텐데."

"아서라. 그랬다간 인 사형이 바로 네놈 산채를 찾아갔을 걸?"

신백정이 이죽거렸다.

"차라리 해 사매처럼 스승님의 총애를 독식하지 그랬냐. 그러면 스승님께서 알아서 슬쩍 산채 밖으로 빼돌려 주셨을 건데. 괜히 핏물 안 튀게 말이야."

바로 그 순간.

…콰쾅!

두꺼운 중문이 활짝 열렸다.

"!?"

여섯 천두들은 화들짝 놀라 목을 양어깨 사이로 파묻는다.

이윽고, 여섯 명의 시선 앞으로 두 개의 그림자가 드리워졌다.

"아아……."

진백정의 입에서 나직한 신음이 흘러나왔다.

정문의 돌계단 위로 모습을 드러낸 이들은 바로 자백정과 축백정이었다.

갈가리 찢어진 옷은 온통 피로 물들어 있다.

자백정은 한쪽 팔을 잃어버린 상태였고 축백정은 다리 한 짝이 사라져 외발로 서 있었다.

둘 다 무기가 없는 맨손으로 우뚝 선 채, 입가에서 피를 뚝뚝 떨어트리고 있는 것이 보인다.

하지만 그럼에도 불구하고 그들은 당당히 살아서 돌아왔다.

인백정이 어떻게 되었는지는 불을 보듯 뻔한 상황.

'좆됐다!'

이것이 여섯 대가리를 공통적으로 스쳐 지나가는 생각이었다.

천두들은 자백정과 축백정 앞에 납작 엎드렸다.

식은땀이 뚝뚝 떨어진다.

심장이 미친 듯이 쿵쾅대고 있었다.

'인백정 이 좆같은 새끼! 절대 안 질 것처럼 해 놓고 그새 뒈져 버렸구나! 빌어먹을, 이 일을 어쩌면 좋으냐! 아니, 애초에 그 괴물 같은 인백정 새끼를 어떻게 죽였지? 아차, 자

사형과 축 사형도 괴물들이었지. 이런 개 같은…….'

하지만 입에서 나오는 것은 생각과는 전혀 다른 대사였
다.

"이, 이기실 줄 알았습니다 사형!"

이렇게 된 이상 손이 발이 되도록 빌어야 한다.

빌고 또 빌어서 첫째 사형의 넓은 마음을 어떻게 해서든
움직여야…….

하지만.

"…….."

"…….."

자백정과 축백정은 아무런 말이 없다.

때로는 침묵이 더 무서운 법이다.

여섯 천두들은 머리를 더욱 깊게 조아리며 바들바들 떨었
다.

"역시 사형이십니다! 저희들은 처음부터 사형을 믿고 있
었…….."

그때.

끼익……

자백정과 축백정의 몸이 앞으로 조금 움직였다.

"?"

눈치 빠른 묘백정이 이변을 눈치챘다.

자백정과 축백정은 앞으로 걸어오고 있었는데 발을 전혀

움직이고 있지 않았다.

마치 교수형 당한 시체처럼 축 늘어진 채, 허공에 약간 뜬 채로 움직이고 있는 것이다.

그리고.

"그 사형이라는 게 나를 뜻하는 것이렷다?"

만신창이가 된 자백정과 축백정의 뒤에서 검붉은 그림자 하나가 일렁인다.

"헉!?"

여섯 천두들은 헛바람을 집어삼켰다.

인백정. 그가 두 팔을 뻗어 자백정과 축백정의 뒷목을 움켜잡고 있는 것이 보인다.

인백정의 상태 역시도 별로 좋다고는 할 수 없었다.

걸레짝이 된 옷 너머, 흰 피부에 이리저리 새겨진 붉은 흉터들.

얼굴과 두 팔은 온통 피범벅이 되어 있었고 심지어 오른쪽 눈은 터져 나가서 시커먼 구멍만이 뚫려 있는 상태였다.

…툭!

인백정은 손에 쥐고 있던 두 구의 시체를 돌계단 아래로 내던졌다.

자백정과 축백정의 몸은 썩은 나무토막처럼 굴러떨어져 흙바닥에 내팽개쳐진다.

인백정은 시큰둥한 표정으로 말했다.

"내다 버려라. 들개들이나 뜯어먹게."

단지 그뿐이었다.

치열한 사투의 끝, 뒤집힌 서열, 깨져 버린 손등꿰기의 맹세에 대한 소감은.

"······."

"······."

"······."

"······."

"······."

"······."

여섯 천두들은 황망한 표정으로 자백정 서우학과 축백정 우철우의 시신을 수습했다.

아까까지만 해도 그토록 강해 보였던 사형들이 지금은 차디찬 고깃덩어리가 되어 버렸다.

걸레짝이 된 주검을 수습하는 과정에서 그 누구도 입을 열지 않았다.

"흥."

인백정은 사제들이 사형들의 시체를 치우는 모습을 보며 코웃음을 쳤다.

"나는 내상을 회복해야겠다. 너희들은 호법을 서고 있거라."

그 말을 끝으로, 인백정은 다시 중문을 닫아걸었다.

…쾅!

밤하늘에는 여전히 살성(殺星) 하나만이 홀로 떠 불길한 적 빛을 뿌리고 있었다.

안채 깊숙한 곳.

인백정은 뜨거운 물속에 몸을 담근 채 운기조식을 하고 있었다.

ㅊㅊㅊㅊㅊㅊㅊㅊ……

상처에서 배어 나온 피가 목욕물을 붉게 물들인다.

물 위를 떠다니던 꽃잎들은 검게 물드는가 싶더니 이내 가루로 변해 물속으로 가라앉았다.

인백정은 붕대로 감은 자신의 오른쪽 눈을 꾹 눌렀다.

"큭큭큭큭…… 과연 대단하군. 자 사형, 축 사형. 예전의 나였다면 감히 이빨도 못 드러냈을 것이야."

약 삼천여 합을 주고받은 끝에, 인백정은 자백정과 축백정을 죽일 수 있었다.

그 대가로 오른쪽 눈을 잃고 몸에도 수많은 흉터들이 생겨났지만.

"그 둘을 죽이는 데에 이 정도라면 싸게 먹혔지. 무엇보다……."

인백정은 눈을 감았다.

그리고 온통 검붉게 물들어 있는 자신의 심상세계 속을 들여다보았다.

단전 깊숙한 곳, 내력들이 흘러가 고이는 늪 속에서 무언가가 우글거린다.

창귀(倀鬼). 지금껏 인백정에게 죽은 수많은 이들이 혈액의 늪 속에서 허우적거리고 있는 것이 보인다.

마공 창귀칭. 인백정은 그것을 익히고 있었다.

"두 사형을 제 휘하로 거둘 수 있게 되었으니, 이거 아주 천군만마를 얻은 기분입니다."

인백정은 단전 깊숙한 곳을 들여다보며 말했다.

그곳에는 수많은 창귀들의 중심에 서 있는 두 창귀가 있었다.

자백정 서우학, 축백정 우철우.

두 천두가 피눈물을 흘리며 울부짖고 있었다.

그리고 그들의 사이에는 또 하나의 창귀가 보인다.

거정 공제환. 한때 장강수로채의 채주였던 남자였다.

인백정은 창귀로 변한 스승을 보며 미소 지었다.

"스승님. 당신을 잡기 위해 참으로 노력했습니다."

스승은 말이 없다.

그저 피눈물을 흘리며 이쪽을 노려보고 있을 뿐.

인백정은 재차 말을 이었다.

"당신이 노환으로 쓰러지지 않았다면, 치매에 걸려 주의력이 떨어지지 않았다면, 그러지 않았다면 제가 당신을 독살할 기회도 없었겠지요."

이 말을 들었을 때 자백정과 축백정은 미친 듯이 분노했었다.

그들이 평정심을 잃어버렸기에 인백정은 가까스로 승리를 거머쥘 수 있었고 말이다.

"스승님은 항상 사형들을 아끼셨지요. 차기 채주는 자 사형으로 일찌감치 정해 놓으셨다면서, 제게는 늘 서운해 말라고만 하셨고 말입니다. 큭큭큭— 하지만 이제 형편이 이렇게 되었군요. 여러모로 참 유감입니다."

인백정은 말을 마치며 머리칼을 쓸어 넘겼다.

그때, 공제환의 창귀가 고개를 들어 이쪽을 노려본다.

"……."

그 눈빛을 본 인백정의 이마에서 물인지 땀인지 알 수 없는 것이 주룩 흘러내렸다.

"스승님. 당신은 이미 죽었습니다. 그렇게 노려본다고 해도 저는 겁먹지 않습니다. 예전, 당신의 셋째 제자로 있던 시절의 제가 아니니까요."

인백정은 눈을 떴다.

그리고 심상세계에 갇혀 있는 창귀들의 아우성으로부터 귀를 닫아 버렸다.

'이제 더는 천살성의 팔자를 외면할 이유도 없다. 같잖은 의적 놀이도 집어치우는 편이 낫다. 도적은 도적대로, 사람은 팔자대로 사는 것이 곧 순리일 테니까.'

인백정의 주변으로 물거품이 피어오른다.

부글부글부글부글……

핏물처럼 걸쭉하게 끓어오르는 목욕물은 이내 붉은 증기로 변해 넘실거리고 있었다.

"스승, 그리고 두 사형을 완전하게 소화할 수만 있다면 반드시 초절정의 벽을 넘어갈 수 있다. 그때 비로소 나는 진정한 장강의 주인이 되는 거야."

순간, 인백정의 머릿속에 한 사람의 얼굴이 떠올랐다.

스승과의 대담을 마치고 상심해 있던 자신을 찾아왔던 정체불명의 방문객.

검붉은 죽립 아래로 보이던 시체 같은 낯빛.

불길하게 이글거리던 눈빛을 가진 그 노인이 전해 주었던 무공 몇 구결.

그로 인해 서열 삼 위의 인백정은 채주가 될 정도의 무위를 손에 넣을 수 있었다.

"……홍공(洪公)."

인백정은 자신의 또 다른 스승이라 할 수 있는 이의 이름을 입에 담았다.

'이올(彛兀)의 단계를 대성하고 나면 찾아오라고 했었지. 파

촉설산(巴蜀雪山)의 '나락'으로 말이야.'

생각에 잠겨 있는 사이 목욕물은 모두 증발하고 사라진 뒤다.

인백정은 천천히 자리에서 일어났다.

잃어버린 오른쪽 눈을 제외한 모든 상처들은 흔적도 없이 깨끗하게 아물어 있었다.

"장강을 완전히 접수하게 되면 부하들을 보내 봐야겠군."

물론 좋은 목적의 접선은 아니다.

인백정은 비릿한 미소를 띤 채 겉옷을 걸쳤다.

그가 막 욕실 밖으로 나가려는 순간.

…콰쾅!

멀리서 요란한 폭음이 들려왔다.

"……?"

인백정은 들썩거리는 창틀 너머의 어둠을 돌아보았다.

희미하게 들려오는 비명 소리, 바람을 타고 불어오는 피 냄새.

인백정은 대수롭지 않다는 듯 고개를 돌렸다.

'사형들이 끌고 왔던 잔당들이 아직 남아 있었나 보군.'

저 정도는 휘하로 거둔 일곱 천두들이 알아서 할 일이다.

인백정은 조용히 숨을 골랐다.

그리고 흡수한 지 얼마 되지 않은 자백정과 축백정의 창귀를 복속시키기 위한 운기조식에 들어갔다.

…콰쾅! …콰쾅! 펑!

그러는 동안 창밖의 소란은 점점 더 크고 가까워지고 있었
다.

장강혈사(長江血事)

추이는 나무 위에서 상황을 보고 있었다.

적향과 견술은 그 바로 아래의 나뭇가지 위에 올라서 있다.

현재 그들이 있는 곳은 인채의 최외곽을 둘러싼 목책 앞.

"경계가 삼엄하네."

적향이 혀를 찼다.

무작정 돌입하기에는 목책 위로 보이는 수적들의 숫자가 제법 많다.

이대로 들어갔다가는 엄청난 소모전이 펼쳐질 것이 뻔했다.

견술이 추이를 올려다보며 물었다.

"진짜로 돌격할 거니?"

"그렇다."

추이는 고개를 끄덕였다.

하지만 나뭇가지 위에 반쯤 기대어 두 눈을 감고 있는 모습을 보아하니 한동안은 여기서 움직일 생각이 없는 모양이다.

적향은 애가 타는지 한번 더 물었다.

"언제 들어가려고?"

"아직."

"그러니까 언제?"

"기다려라."

추이는 여전히 태연했다.

지켜보고 있는 적향으로서는 그저 가슴만 주먹으로 때릴 뿐이었다.

'무슨 생각이지?'

견술 역시도 고개를 갸웃했다.

그가 파악한 추이는 언뜻 보기에는 굉장히 단순무식하나, 사실 그 이면에 굉장히 많은 의도를 깔아 놓고 움직이는 인물이었다.

'아무런 계획도 없이 일을 벌일 놈 같지는 않고…….'

만약 그랬다면 기생으로 분장해 자신의 목에 칼을 들이대지도 않았을 것이다.

견술의 눈이 가늘게 좁아졌다.

'만약 겨우 그 정도밖에 안 되는 놈이라면 따라다녀 봤자 별로 재미가 없겠어. 으응~ 그럴 바에는 일찌감치 없애 버리는 게······.'

바로 그때.

삐그덕—

목책의 문이 열렸다.

"빨리 버리고 오자."

"더럽게 춥구만."

"하필 재수없게 걸려서는, 에잉."

세 명의 수적들이 밖으로 나왔다.

한 명은 삽을, 다른 두 명은 가죽 자루 두 개를 나누어 짊어진 채였다.

'뭐지?'

견술은 그들의 행색과 동태를 자세히 살폈다.

귀를 기울이니 수적들이 나누는 대화가 또렷하게 들려왔다.

"보니까 자천두나 축천두도 별것 아니었군그래."

"예끼, 이 사람. 우리 새 채주님이 대단하신 분이니까 그렇지."

"그래. 자백정과 축백정이 별것 아닌 게 아니라 인채주님이 강하신 거라고."

그 말에 견술이 움찔했다.

'자백정? 축백정이라고?'

같은 천두들을 제외하고 장강수로채의 천두들을 백정이라고 부르는 놈들이 있을 줄이야.

그것도 감히 장강수로채의 산채 안에서, 하급 수적 따위가.

하지만, 뒤이어지는 말은 더욱 충격이었다.

"우리 새 채주님은 대체 무공이 얼마나 고강하신 걸까? 쥐새끼와 소대가리의 합공을 단박에 부숴 버리시다니."

"그냥 부순 정도가 아니지. 아주 산산조각 걸레짝을 만들어 놓으셨드만."

"자루에 주워 담느라 아주 고역이었어. 웬 살점이랑 뼛조각들이 그리도 많이 흩어져 있던지."

견술은 입을 반쯤 벌렸다.

'자 사형과 축 사형이 인백정 놈에게 졌다고? 그것도 합공 끝에?'

지금 저 하급 수적들이 짊어지고 가는 가죽 자루에 두 사형의 주검이 담겨 있는 모양이다.

견술은 굳은 표정으로 몸을 일으켰다.

그리고 수적들의 뒤를 조용히 따라가기 시작했다.

스윽……

견술의 옆에는 적향도 있었다.

적향의 손은 아예 덜덜 떨리고 있는 중이었다.

"그럴 리가 없어. 사형들이 그렇게 됐을 리가……."

하지만 수적들은 아랑곳하지 않고 제 갈 길을 간다.

이윽고, 수적들은 인적이 아예 없는 깊은 산속에서 발걸음을 멈췄다.

"옛다. 들개들아. 밥이다."

수적들이 가죽 자루를 풀자 그 안에서 만신창이가 된 주검 두 짝이 굴러 떨어졌다.

자천두 서우학과 축천두 우철우의 시체가 풀숲에 아무렇게나 버려졌다.

수적들은 낄낄 웃으며 말했다.

"우리 위세 좋던 천두님들. 그러게 왜 우리 채주님께 반기를 드십니까, 드시길~"

"기왕 드실 거면 내 좋은 거 하나 드리겠습니다. 많이들 드십쇼."

"우하하하— 이놈 새끼, 아무리 그래도 한때 천두 해 먹던 놈들인데, 오줌 갈기는 건 너무 심한 거 아니냐?"

두 구의 시체 위로 누런 오줌발이 후둑후둑 떨어져 내린다.

수적들은 각자 물건을 꺼내 들고는 두 구의 주검 위에 대고 탈탈 털었다.

뜨거운 김이 모락모락 올라오는 것을 보며 수적들은 낄낄댔다.

"이런 거 보면 참 사람 인생은 모르는 거야. 그치?"

"맞아. 천 개의 대가리 위에서 천하를 호령하던 영웅들이 설마 이렇게 비참한 몰골이 될 줄 누가 알았겠나."

"까마득한 아랫것들의 오줌을 맞은 채로 들개 밥이 되는 최후라니. 거 불쌍하게 됐다."

바로 그 순간.

불쑥-

어둠 속에서 그림자 하나가 난데없이 튀어나왔다.

"으응?"

수적들은 깜짝 놀란 와중에도 꺼냈던 물건을 집어넣지 않았다.

왜냐하면 나타난 상대가 아름다운 외모의 여자였기 때문이다.

"뭐야, 이 야밤 산중에 웬?"

"어이- 여긴 왜 왔어?"

"우리들 꺼 한번 만져 줄라고 왔다? 흐히히히히-"

여전히 낄낄거리고 있는 수적들.

하지만 어둠이 걷히고 여자의 얼굴이 점점 더 가까워지자 수적들의 표정은 점차 굳어 간다.

"어? 혹시 해천두 님……?"

개중 한 놈이 입을 반쯤 벌리는 순간.

썩썩썩-둑!

적향이 손에 들고 있던 손도끼를 휘둘렀다.

수적들의 물건에서 뿜어져 나오던 물줄기가 노란색에서 빨간색으로 변했다.

"끄—아아아아악!?"

그들은 사타구니를 움켜쥔 채 바닥을 데굴데굴 구른다.

그 앞으로 적향의 그림자가 짙게 드리워졌다.

"사, 살려 주십시오! 살려 주세요!"

수적들은 가랑이 사이로 피를 쏟아 내면서도 목숨을 구걸했다.

물론 적향은 아무런 반응도 없이, 그저 손도끼만 한 번 더 휘둘렀을 뿐이다.

퍽! 퍽! 퍽!

세 개의 대가리가 어김없이, 순차적으로 터져 나갔다.

마른 솔잎 무더기에 진득한 핏물이 스며들고 있었다.

"사형들……."

적향은 도끼를 내려놓았다.

그리고 싸늘하게 식어 버린 두 주검을 끌어안고 울었다.

자천두 서우학, 축천두 우철우.

스승 다음으로 따랐던, 친오빠 같은 이들을 연이어 잃었으니 그 상실감이 이루 말할 수 없을 것이다.

견술 역시도 씁쓸한 표정으로 입맛을 다셨다.

"으음. 자 사형이랑 축 사형은 괜찮은 사람이었지."

딱히 위로 차원에서 하는 말은 아니었다.

견술도 서우학과 우철우와는 사이가 그리 나쁘지 않았었으니 말이다.

하지만 단지 그뿐이다.

견술은 반듯하고 제대로 된 사람들에게는 별로 관심이 없었다.

'나는 뭐랄까, 좀 더 뒤틀려 있는 쪽이······.'

견술이 천천히 고개를 돌리자.

"!"

그의 눈에 추이의 모습이 보인다.

"······."

무표정한 얼굴로 가만히 서 있는 추이.

하지만 눈빛은 이미 바뀌어 있었다.

견술은 생각했다.

'역시 우리 예쁜이, 뭔가를 노리고 있었구나.'

아니나 다를까, 앞에서 통곡하던 적향이 벌떡 일어났다.

어느새 손에는 손도끼를 굳게 움켜쥔 채였다.

"계책이고 뭐고 모르겠어. 나는 바로 인채로 간다. 가서 인백정, 그놈의 대가리를 깨 죽일래."

눈이 돌아가 있는 걸 보니 누구 말도 안 들을 기세다.

적향은 말을 끝내는 즉시 곧바로 뛰어갔다.

그러자.

스윽—

추이가 비로소 몸을 움직였다.

적향이 뛰어간 곳의 반대편으로 올라가는 추이를 보며, 견술이 폭소를 터트렸다.

"호호호호호— 그래! 이걸 기다렸구나!"

처음부터 적향을 미끼로 쓸 생각이었을까?

아니면 그저 변수에 반응하는 것일까?

어느 쪽인지는 알 수 없지만, 견술은 추이가 마음에 들었다.

"생긴 건 귀엽게 생겨서, 하는 짓은 영락없는 노마두(老魔頭)로군."

기분이 한껏 유쾌해진 견술은 등에 짊어지고 있던 개작두를 빼 들었다.

'기분 같아서는 저쪽을 따라가고 싶지만…….'

적향이 난동을 부릴 때 추이는 은밀하게 반대쪽을 찌를 것이다.

그렇다면 적향이 적들의 시선을 많이, 길게 끌수록 추이가 안쪽으로 치고 들어가기 편해진다.

만약 적향이 얼마 버티지 못하고 죽기라도 한다면 추이 역시도 고되질 것이 분명했다.

'역시, 오래 즐기려면 이쪽을 따라가는 게 맞겠지?'

이윽고, 견술은 적향의 뒤를 따라 달리기 시작했다.

"좋아. 좋아, 예쁜아, 네가 벌린 판이라면 기꺼이 말이 되어 줄게."

입가에 삐뚜름한 미소를 건 채로.

* * *

콰─쾅!

적향은 곧바로 목책을 부수고 안으로 쳐들어갔다.

"누, 누구…… 큭!?"

보초 한 명의 머리통이 대각선으로 썰려 나간다.

적향은 무표정한 얼굴로 손도끼를 휘두르며 다섯 명의 머리통을 부수고 여덟 명의 척추를 세로로 쪼개 버렸다.

"뒈지렴."

그 말을 했을 때 이미 목책 근처에는 살아 있는 사람이 없었다.

적향은 곧바로 횃불을 들어 이곳저곳을 쑤셨다.

…화르륵!

횃불의 불이 초가삼간과 목책으로 옮겨붙었고 이내 축대와 망루까지 번진다.

"으아아아! 적이다! 습격자가 왔……!"

멀리서 신호탄을 발사하려던 수적들의 손목이 우르르 잘려 나갔다.

견술이 개작두를 휘두른 것이다.

"자 사형이랑 축 사형은 반듯한 사람들이라서 이런 식으로 안 들어왔겠지만…… 우리는 막내들이라서 세대가 좀 다르거든~"

"어, 맞어. 우리가 원래 근본이 좀 없어."

적향이 견술의 말을 받으며 손도끼를 집어 던졌다.

우지끈! 딱!

위로 소식을 전하러 올라가던 수적의 골통이 빠개지며 피와 뇌수가 흩뿌려진다.

바야흐로, 산중턱 일대에 끔찍한 혼란이 일어나고 있었다.

……한편.

적향과 견술이 날뛰고 있는 동안 추이는 반대편 목책을 타넘고 있었다.

펄럭-

추이는 목책 위로 솟구치자마자 옷자락을 휘둘렀다.

…퍼퍼퍽!

마름쇠가 날아들어 이마에 박힌다.

보초 몇 명이 소리도 없이 죽어 나자빠졌다.

추이는 그중 체구가 비슷한 한 수적의 겉옷을 벗겨 입었다.

"습격이다! 아래쪽에 적들이 쳐들어왔다!"

소리를 지르자 금방 반응이 왔다.

아래쪽에서부터 화광이 번져 오르고 있으니 모르는 것이 더 이상한 일이다.

수적들이 패거리를 이루어 우르르 내려가는 동안 추이는 슬쩍 뒤로 빠져 오르막길을 탔다.

이윽고, 인백정이 기거하는 커다란 내원이 보인다.

추이는 중문 옆의 담을 타 넘어 누각 안쪽으로 들어갔다.

그 순간.

피잉—

추이는 무릎에 걸리는 무언가를 느꼈다.

극도로 얇은 잠사.

그것이 추이의 발에 걸려 당겨지는 순간.

츠츠츠츠츠츠…… 쉬이익—

어둠 속에 검은 안개가 퍼졌다.

밤이라서 육안으로는 관측이 거의 불가능한 수준이었지만 추이는 곧바로 알 수 있었다.

'……독.'

그것도 예삿 독이 아니다.

서까래 위를 지나가던 쥐들이 코를 킁킁거리는 것만으로도 죽어서 떨어져 내릴 정도였다.

추이는 소매로 코를 가린 채 계속해서 물러났다.

'내가 썼던 독보다도 훨씬 더 진하군.'

추이가 흑도방을 칠 당시 사용했던 독은 강족의 독.

하지만 지금 눈앞으로 퍼져 나가는 것은 그보다도 훨씬 더 독하다.

추이가 알기로는 이런 종류의 독은 단 하나뿐이었다.

'……묘족의 독.'

바로 추이가 유년시절을 보냈던 원주민 부락에서 만들어지던 독이다.

그리고 추이는 이 독향이 묘하게 코에 익다고 생각했다.

후욱─

추이는 숨을 한 번 크게 들이마셨다.

폐가 타들어가는 듯 뜨겁고 콧속 점막이 따끔거렸지만……

'못 버틸 정도는 아니야.'

추이는 자신이 이미 이 독에 내성이 있다는 것도 확인했다.

그렇다면 답은 나왔다.

이 함정을 설치해 놓은 이는 분명 추이와 동향(同鄕) 사람임에 분명하다.

추이는 창을 휘둘러 기둥 뒤에 붙어 있는 독 분사기를 부숴 버렸다.

그러자.

…바스락!

저 앞쪽에 있는 기둥 사이에서 반응이 있었다.

'잡고 가야겠군.'

인백정을 만나기 전에 할 일이 생겼다.

추이는 곧바로 발걸음을 옮겼다.

"……."

저 어둠 너머에 숨어 있을 동족을 향해서.

…우지끈!

커다란 축대가 점차 옆으로 기울어진다.

적향이 휘두르고 있는 도끼가 어느새 두 개로 늘었다.

그녀는 깽판을 치던 도중에도 무기가 부러지면 다른 무기로 바꿔 쥐어 가며 난동을 부리고 있었다.

"야 이 개새끼들아! 대가리들 다 튀어 나오라 그래!"

적향의 도끼질을 견디지 못한 통나무가 부러지는 것이 시작이었다.

콰콰콰콰쾅!

위쪽의 산채를 떠받치고 있던 거대한 축대 하나가 통째로 붕괴하고 말았다.

돌과 흙 들이 쏟아져 내리며 아래에 있던 수적들이 속절없이 깔려 죽는다.

그 광경을 보던 견술이 휘파람을 불었다.

"역시 힘 하나는 무지막지한 계집애야. 흑선풍(黑旋風)이 따로 없네."

그렇게 감탄하는 도중에도 견술의 개작두는 쉬지 않고 허공을 난도질하고 있었다.

써걱! 썩—둑!

작두날이 한 번 내리그일 때마다 어김없이 두세 개의 목이 바닥을 굴러다니는 신세가 되었다.

"원망은 말렴. 이게 다 재미있자고 하는 거니까. 이해하지?"

소리 나는 화살을 쏘려던 수적의 허리가 절단 났고, 신호탄에 불을 붙이려던 이의 몸뚱이가 세로로 쪼개졌으며, 말에 올라 파발을 전하려던 이가 말과 함께 목을 잘렸다.

견술은 우왕좌왕하는 수적들 사이에서 연락책만을 쏙쏙 골라 제거했다.

애초에 천 명의 수하를 거느리는 천두(千頭) 계급의 둘인지라 평범한 수적들로서는 방어선을 유지해 낼 재간이 없는 것이다.

이윽고, 산채 위쪽에서 기별이 돌아왔다.

"웬놈들이냐!"

묘백정, 진백정, 오백정, 미백정, 신백정, 유백정.

토끼, 용, 말, 양, 원숭이, 닭이 견술과 적향의 앞을 가로막았다.

적향이 핏발 선 눈으로 말했다.

"어이 대가리들. 늬들이 자 사형이랑 축 사형을 그렇게 만들었냐?"

그러자 여섯 천두들의 입이 일제히 다물렸다.

적향이 이를 갈던 끝에 버럭 소리 질렀다.

"니들이 그러고도 사람 새끼냐!? 스승님도 배신하고 사형제들도 배신하고! 아주 토악질이 나온다!"

"이년이 이거 말하는 싸가지 좀 봐? 누가 배신을 했다는거야!?"

묘백정이 빽 소리 질렀다.

미백정 역시도 발끈하여 말을 이었다.

"너야말로 지금까지 코빼기도 안 보이다가 왜 지금 와서 지랄이니, 지랄이? 세상이 어떻게 돌아가는지도 모르는 우둔한 돼지 년이 이제 와서 뭔 뒷북이냐고!"

"그래. 오냐. 내가 오늘 네놈년들 모가지를 꺾어 놓지 않으면 진짜 돼지 새끼다."

적향이 쌍도끼를 들었다.

그 흉흉한 기세에 묘백정과 미백정이 시선을 교환한다.

"아무래도 이거 여자들끼리 한번 서열 정리가 필요하겠네."

"죽이진 말자, 언니. 저년 다리 두 짝을 다 잘라 버린 뒤에 내 시녀로 쓸 거야."

"어머? 나는 두 손을 자른 다음에 내 부하들 노리개로 던져 줄 생각이었는데?"

"그럼 둘 다 하지 뭐. 꺄르륵-"

묘백정과 미백정이 각각 무기를 꺼내 들었다.

묘백정의 쌍검과 미백정의 사슬낫이 적향을 둘러싸고 있었다.

한편, 견술 역시도 묘한 표정으로 진백정, 오백정, 신백정, 유백정을 바라보고 있었다.

"……왜 내 쪽에는 넷이나 붙었수?"

"저쪽은 여자들끼리 싸운다잖냐."

진백정의 말에 견술은 어깨를 으쓱했다.

"나는 딱히 남자들끼리 싸우자고 한 적은 없는데."

"…….."

"쪽수 좀 맞춥시다. 저쪽으로 한 명 가잉~"

하지만 견술의 너스레에도 네 천두들의 표정에는 변화가 없다.

스윽-

진백정의 철퇴, 오백정의 장창, 신백정의 두 손바닥, 유백정의 장검이 견술을 포위했다.

진백정이 으르렁거리듯 말했다.

"예전부터 네 뺀질거리는 낯짝이 마음에 안 들었다."

"뺀질거리는 낯짝 하면 나보다는 인백정 쪽이 더 심하지 않나?"

"건방진 놈. 어따 대고 백정 백정 거리느냐? 인 사형은 이제 대장강수로채의 채주가 되셨다."

"지랄하고 있네. 너는 명색이 용이란 새끼가 어째 범 꼬리에 가 붙었냐? 그냥 용이 아니라 토룡(土龍)이었나?"

견술의 비웃음에 진백정의 이마에 핏줄이 섰다.

"내 오늘 너를 살려 보내지 않으리라."

"아, 너무 무섭다."

견술은 짐짓 오들오들 떠는 시늉을 하며 뒤로 물러났다.

그 옆에는 적향이 쌍도끼를 든 채 한심하다는 듯한 표정을 짓고 있었다.

"어이, 언니들. 나는 여기 견가 놈이랑 달라서 뒤가 없어. 덤벼 봐, 육젓을 담가 줄 테니까."

적향의 말에 묘백정과 미백정이 자세를 잡는다.

견술을 뒤쫓는 진백정, 오백정, 신백정, 유백정 역시도 포위망을 좁혀 오고 있었다.

적향이 옆에 있는 견술에게 말했다.

"이봐, 견가야. 자신 있냐?"

하지만 대답은 돌아오지 않았다.

적향은 견술이 겁을 먹었다고 생각하고는 혀를 찼다.

"내가 넷을 맡을 테니 너는 둘만 맡아라."

하지만 이번에도 대답은 들려오지 않았다.

"……?"

뭔가 싶은 적향이 고개를 돌려 보니.

파팟!

견술이 저 뒤를 향해 맹렬하게 도망치고 있는 것이 보인
다.

"야이 씻팔!"

중과부적(衆寡不敵)이라. 쪽수 앞에는 장사 없는 법이다.

적향 역시도 이를 갈며 견술의 뒤를 따라 뛰었다.

"개돼지 년들이 입만 살았구나!"

"오늘 기필코 잡아 죽이리라!"

묘백정과 진백정을 필두로 한 여섯 천두들이 그 뒤를 쫓아
숲속으로 뛰어들었다.

횃불 한 점 없는 깊은 어둠 속으로.

ㅇㅇㅇ

추이는 어둠 속으로 녹아들고 있었다.

저벅- 저벅- 저벅-

유년시절의 훈련으로 인해 추이는 이미 묘족의 독에는 내
성이 있었다.

추이의 발걸음은 구부러져 있는 소나무 기둥 사이를 지나
서까래 아래에서 멈췄다.

…퍼억!

추이의 창이 천장을 뚫고 틀어박혔다.

그러자 반응이 있었다.

"웬 놈이길래 묘독에도 죽지 않고 살아 있느냐?"

검은 복면으로 얼굴을 감싼 사내가 추이의 앞으로 떨어져
내렸다.

추이가 물었다.

"묘족이 아니라 사백정 당삼랑이었군. 네가 독 함정을 설
치해 놓았나?"

"그렇다. 나를 알고도 도망치지 않느냐?"

"파문당한 놈이 뭐가 두려워서."

"……!"

복면 위로 보이는 사백정의 두 눈이 매섭게 휘어졌다.

추이는 이미 적향과 견술에게 그에 대한 정보들을 들었다.

"사천당가에서 버려진 가엾은 셋째야. 명색이 정도문파의
공자였던 놈이 이런 궁벽한 오지에 숨어 수적질이나 해 먹고
있느냐."

"허허─ 대가리에 피도 안 마른 어린놈에게 훈계나 듣다
니. 나도 다 된 모양이군."

사백정은 헛웃음을 머금었다.

그리고 추이의 조롱에 대꾸했다.

"그렇다면 네놈은 내가 왜 당가에서 퇴출당했는지도 알고 있나?"

"……?"

추이는 말을 멈췄다.

적향과 견술이 그것까지는 말해 주지 않았기 때문이다.

사백정의 눈에 웃음기가 맴돌았다.

"남만(南蠻)의 묘족들을 학살했던 이들이 사천당가인 것은 알지?"

"……!"

그것은 추이도 몰랐던 사실이었다.

어린 시절, 부락에 쳐들어와서 어른들을 죽이고 어린아이들을 노예로 잡아갔던 이들이 사천당가의 무인들이었던가.

사백정은 웃었다.

"나는 그 당시 묘족 놈들을 하도 많이 죽여 대서, 그 죄로 추방된 것이다. 말하자면 꼬리자르기를 당한 셈이지."

"……."

"웃기지 않나? 당가는 묘족의 독 제조법을 얻기 위해 그들을 습격하고 유린했다. 그리고 그 책임을 모두 나에게 덮어씌운 뒤 독 제조법만을 빼앗아 갔고."

"……."

"묘족의 독에 내성이 있는 것을 보니 너는 묘족 출신인가 보구나. 그러면 혹시 나를 알지도 모르겠군."

사백정은 자신의 얼굴을 가렸던 복면을 벗어 보였다.

오똑한 콧날에 흰 피부, 전체적으로 보면 유려하게 생긴 미남의 얼굴이었으나 눈매가 뱀처럼 찢어져 있어서 그다지 호감이 가는 인상은 아니었다.

추이는 그의 얼굴을 한동안 들여다보던 끝에 고개를 저었다.

"모른다. 너 같은 얼굴은."

유년시절, 불타고 있는 마을을 등지고 정신없이 도망가던 기억이 있다.

습격자들의 칼을 피해 죽어라고 내달리는 와중에 적의 얼굴을 기억할 리가 없는 것이다.

사백정은 어깨를 으쓱했다.

그러고는 품에서 비수와 송곳을 꺼내 들었다.

"모른다니 아쉽군. 나는 왠지 너를 알 것도 같은데 말이야."

모든 것이 화광에 젖어 가던 밤.

그때 베어 죽였던 남자, 울부짖던 여자, 도망가던 자식.

"아들만큼은 살려 달라며 부르짖던 여자가 있었지. 임신을 한 상태였는데, 내가 직접 배를 갈라 죽였어. 배 속의 태아도 독에 면역이 있는지 궁금했거든. 그래서 끄집어내자마자 독물에 담가 봤는데, 놀랍게도 반 각이 넘게 살아 있는 거야. 묘족 놈들이 원래 질기다는 것은 알고 있었지만 그렇게 질긴 놈들은 처음이었어. 뭔가 특별했던 거지, 그 부락 놈들은 태생부터가……."

하지만 사백정은 회상을 끝까지 할 수 없었다.

푹—

추이의 창끝이 사백정의 목을 두 치의 깊이로 파고들었기 때문이다.

"……어?"

사백정은 입을 뻐끔거렸다.

하지만 목젖을 세로로 가르고 파고든 창날 때문에 목소리가 나오지 않는다.

쉭쉭— 뿌글뿌글뿌글……

창날 옆으로 헛바람과 함께 피거품이 끓어올랐다.

그런 사백정의 앞으로 추이의 그림자가 드리워졌다.

태연한 얼굴.

무미건조한 목소리.

"관심 없다."

증오도, 분노도, 슬픔도, 심지어 공허함마저도 느껴지지 않는, 그야말로 무생물에 가까운 태도였다.

쑥—

매화귀창의 날이 사백정의 목에서 빠져나왔다.

사백정은 허공에 대고 허우적거리며 쓰러졌다.

"마…… 말도 안……."

초일류의 무공을 보유하고 있는 살수가 손 한 번 못 써 보고 죽을 줄을 누가 알았겠는가.

하지만 어쩔 수 없는 일이다.

"살수는 모습을 드러내는 순간 반은 잃고 들어가는 거야."

추이는 사백정의 목을 발로 걷어찼다.

…뚜각!

목뼈가 직각으로 꺾인 사백정은 그대로 혀를 빼물고 즉사했다.

추이는 별다른 말 없이 사백정의 품을 뒤졌다.

흑색 일색(一色)인 송곳 두 자루와 마비독이 발라져 있는 마름쇠, 그리고 눈에 잘 보이지도 않을 정도로 얇으나 질기기는 쇠심줄보다도 더한 잠사 한 뭉치, 더불어 묘족의 독이 밀봉되어 있는 항아리가 하나.

"잘됐군. 전에 쓰던 송곳보다 이게 훨씬 나아."

추이는 전에 쓰던 낡은 송곳들을 버리고 사백정의 검은 송곳으로 바꾸었다.

'독아(毒牙)'라는 글자가 음각되어 있는 투박한 송곳 두 정이 마치 독사의 독니처럼 빛난다.

추이는 혹시나 망치 같은 것도 있나 해서 사백정의 품을 뒤져 봤지만 그 외에는 기형적으로 생긴 비수나 단도 들만 가득할 뿐, 달리 쓸 만한 것은 없었다.

푹- 푹- 푹- 푹-

추이는 마지막으로 창을 뻗어 사백정의 미간, 목, 심장, 사타구니를 한 번씩 더 찔렀다.

강적을 죽이고 나면 반드시 하는 확인사살이었다.

ㅊㅊㅊㅊㅊㅊㅊ……

그제야 사백정 당삼랑의 창귀가 뽑혀 나왔다.

방금 전까지는 죽은 척을 하며 기회를 엿보고 있었던 모양.

[우우…… 우우우우……]

당삼랑은 죽어서도 영면에 들지 못했다.

그의 영혼은 이제 추이의 손아귀 속에 떨어졌다.

아마 추이가 살아 있는 한은 끝없이 끝없이 고통받게 되리라.

저벅- 저벅- 저벅-

추이는 한쪽 눈으로 사백정의 기억을 엿보는 동안 다른 한쪽 눈으로 인백정의 방을 찾아갔다.

복도를 곧장 지나면 나오는 안쪽의 내실, 두 번째 방.

그곳이 바로 인백정이 운기조식을 하는 공간이다.

…쾅!

추이는 곧장 인백정의 방문을 걷어차 부숴 버렸다.

매화귀창의 날카로운 끝이 안쪽의 욕조를 겨눈다.

추이는 욕실을 가리고 있던 천들을 모두 걷어 냈다.

파악—

순간, 욕실 안쪽을 들여다본 추이의 미간이 미미하게나마 찡그려졌다.

"……!"

꽤나 불쾌한 상황이 추이를 기다리고 있었던 것이다.

인백정의 방은 텅 비어 있었다.

"……이런."

추이는 미간을 찡그렸다.

피 냄새는 짙은데 인기척이 없어서 이상하다고 생각하기는 했다.

추이는 상황을 파악하는 즉시 발걸음을 돌렸다.

목표는 깊은 숲속.

어둠만이 도사리고 있는 절벽가였다.

"야! 혼자 튀냐!? 이 치사한 새끼야!"

적향은 앞서 가는 견술을 향해 소리 질렀다.

그러자 견술이 경공술의 속도를 조금 줄였다.

이윽고, 적향의 옆으로 바짝 붙게 된 견술이 한쪽 눈을 찡긋했다.

"잘 봐, 애."

"……?"

"이것이 숙달된 조교의 시범이란다."

동시에, 견술은 몸을 옆으로 팩 돌렸다.

그 뒤에는 신백정이 막 두 개의 손바닥을 앞으로 뻗고 있었다.

"등짝에다가 일장을 때려박아 주마!"

신백정은 견술의 등에 손바닥을 날릴 생각이었다.

서서히 따라잡혀 가던 견술이 도중에 몸을 홱 돌리기 전까지만 해도 말이다.

"억!?"

견술이 갑자기 멈추자 신백정이 당황했다.

원래 내뻗으려고 했던 손바닥이 잠시 엉거주춤해지는 순간, 견술은 양손으로 개작두의 양끝을 쥔 채 앞으로 내뻗었다.

썩—뚝!

가로뉘인 개작두가 신백정의 양손 엄지를 제외한 손가락 여덟 개와 목을 한꺼번에 날려 버렸다.

…쿠당탕탕!

신백정의 목과 몸뚱이는 달려오던 속도를 이기지 못하고 그대로 앞을 향해 나뒹군다.

절정고수의 최후라고 하기에는 너무나도 허무한 것이었다.

견술이 어깨를 으쓱했다.

"잘 보고 배웠느뇨, 사매?"

"……잘 보고 배웠다, 사형."

적향이 씩 웃으며 대답했다.

이윽고, 그들의 앞으로 다섯 천두들이 내려섰다.

묘백정, 진백정, 오백정, 미백정, 유백정.

그들은 죽어 버린 신백정을 보며 이를 뿌득 갈았다.

"뒈져라!"

묘백정의 쌍검이 적향을 향해 휘둘러졌다.

미백정 역시도 사슬낫을 들어 적향에게 집어 던진다.

진백정, 오백정, 유백정 역시도 견술을 덮쳤다.

거대한 철퇴, 장창, 장검이 견술의 목을 노리고 일제히 날아들었다.

"숲으로 들어오길 잘했네."

적향과 견술은 소나무 숲으로 더욱 깊숙하게 들어갔다.

단단한 암반 위에는 구불구불 휘어진 소나무들이 많다.

그 아래에는 장강의 본류(本流)가 시작되는 거대한 물줄기가 흐르고 있었다.

"여기를 못자리로 정했나?"

오백정이 장창을 휘두르며 달려왔다.

견술이 개작두를 들어 장창을 막아 낸다.

까-앙!

불똥이 튀며 어둠 속에 가라앉아 있던 윤곽들이 드러나 보인다.

진백정과 유백정이 철퇴와 칼을 들고 견술의 좌우 양쪽을 노렸다.

바로 그 순간.

⋯퍼억!

견술은 오백정의 가슴팍을 걷어차고는 개작두를 옆으로 틀었다.

쩌억-

소나무의 허리가 베이며 나무조각들이 튀었다.

그걸 본 오백정은 코웃음 쳤다.

"어두워서 안 보이냐? 어디로 휘두르는⋯⋯ 억!?"

그는 말을 하다 말고 재빨리 눈을 가렸다.

견술이 작두로 내리찍은 소나무의 허리 부근에서 시뻘건 송진이 튀어 오백정의 눈에 들어간 것이다.

그런 상황에서 견술은 슬쩍 앞으로 다리를 뻗었다.

툭-

앞으로 달려오는 중이었던 오백정의 몸이 앞으로 고꾸라졌다.

오백정은 재빨리 장창을 뒤로 틀어 등으로 날아들 습격에 대비했지만, 견술은 이미 저 멀리 멀어진 뒤였다.

"⋯⋯?"

오백정은 견술이 왜 뒤따라오지 않았는지 의아했지만.

"……!"

곧 그 답을 깨달았다.

오백정의 발밑에는 깎아 내지른 듯한 낭떠러지가 도사리고 있었기 때문이다.

"으―아아아아아아아아!"

오백정은 속절없이 아래로 곤두박질쳤다.

…퍽! …퍽! …퍼억! 뚜―둑!

그는 떨어지는 도중 툭 튀어나와 있는 바위에 머리를 몇 번이나 부딪쳤고 피를 흩뿌리며 물속으로 떨어졌다.

퍼―엉!

저 아래에서 물기둥이 솟구치는 소리가 들렸다.

견술이 씩 웃었다.

"이제 둘 남았네."

하지만 상황이 말처럼 쉬운 것은 아니었다.

찰나의 방심으로 인해 허무하게 죽어 버린 오백정과 신백정의 경우를 본지라, 남은 진백정과 유백정의 경계심은 바짝 날카로워져 있었다.

"이런 개 같은 새끼가!"

유백정이 칼을 휘둘렀다.

이글거리는 검기가 끈적한 액체처럼 흩뿌려지며 견술을 덮쳤다.

견술의 개작두에서도 시퍼런 검기가 뿜어져 나왔다.

쩌—억!

작두와 장검이 격돌하는 순간 주변에 있던 바위들의 표면이 쩍쩍 갈라지기 시작했다.

그 위로 진백정의 철퇴가 떨어져 내렸다.

"이크."

견술은 재빨리 몸을 뒤로 물렸지만 진백정의 철퇴가 조금 더 빨랐다.

뻐—억!

견술의 몸이 철퇴에 맞아 나가떨어진다.

이마가 깨지고 피가 터져 나왔다.

"안 놓친다."

그 뒤로 유백정의 칼침이 쏟아진다.

견술은 순식간에 팔뚝, 옆구리, 정강이 부근에 긴 상처를 입은 채 물러나야 했다.

"……이제 꼼수가 안 통하게 됐네."

난감한 기색의 견술, 그것은 건너편에 있는 적향도 마찬가지였다.

까앙! 깡! 창—

적향의 쌍도끼는 날아드는 쌍검과 사슬낫을 막기에 여념이 없다.

묘백정이 적향을 향해 으르렁거렸다.

"돼지 같은 년, 너는 옛날부터 마음에 안 들었어."

"대체 뭔 여우짓을 했길래 스승님이 맨날 너만 싸고 도셨 단 말이냐! 어! 이 불여시 년아!"

미백정 역시도 적향을 찍어 누르며 소리쳤다.

그 순간.

…퍼퍽!

쌍검의 날과 사슬낫이 적향의 허리에 명중했다.

두 천두가 회심의 미소를 짓는 순간.

"……그래서 스승님을 배신했냐?"

적향의 입이 열렸다.

묘백정의 칼과 미백정의 낫은 적향의 옆구리와 팔뚝 사이 의 겨드랑이에 단단히 붙잡혀 있었다.

"그깟 저열한 질투와 열등감 때문에 사형들도 배신했던 거 였냐?"

묘백정과 미백정이 힘을 주어 당겨도 무기는 빠지지 않는 다.

"미친! 뭔 힘이 이렇게……!"

별수 없이, 그녀들은 자신들의 무기에 내공을 불어넣었다.

바로 그 순간.

퍼-퍽!

적향의 쌍도끼가 그녀들의 머리를 훑고 지나갔다.

"꺄아아아아아악!"

묘백정과 미백정은 이마를 움켜쥔 채 비명을 질렀다.

도끼날이 스치고 간 곳에서 뜨거운 피가 펑펑 뿜어져 나오고 있었다.

적향 역시도 양쪽 옆구리가 붉게 물들었다.

하지만 그녀는 고통이 전혀 느껴지지 않는 듯, 그대로 돌진했다.

"이 미친년이!?"

"동귀어진할 셈이야!?"

묘백정과 미백정이 이를 악물고는 무기를 휘둘렀다.

퍼퍽!

두 개의 칼날과 하나의 사슬낫이 각각 적향의 가슴과 옆구리, 허벅다리를 깊게 파고들었다.

하지만 적향은 죽음을 각오한 사람처럼 그대로 내달렸다.

저돌맹진(猪突猛進).

눈이 뒤집어진 멧돼지의 돌진은 범조차도 막을 수 없는 법이다.

하물며 토끼와 양이 어찌 그것을 막을까.

"으으윽! 어, 어디까지 미는 거야, 이 광년아!"

"야, 야 이년아! 지, 진짜로? 진심이야!?"

묘백정과 미백정은 자신들의 몸을 떠미는 적향을 보며 기겁했다.

하지만 도망치기에는 늦었다.

적향은 이미 두 팔로 묘백정과 미백정의 몸을 단단히 옥죄고 있었다.

이윽고, 적향의 발이 지면에서 떨어졌다.

세 여자는 절벽 아래를 향해 곧바로 곤두박질쳤다.

"꺄아아아아아아악!"

묘백정과 미백정은 내공을 뿜어내며 발버둥 쳤지만 적향 역시도 두 팔에 내공을 불어넣고 있었다.

세 여자는 허공에서 내공 싸움을 시작했다.

묘백정과 미백정이 막 내력을 끌어올려 적향의 몸을 밀어 내려는 순간.

퍼—억!

절벽가에 툭 튀어나온 바위가 묘백정과 미백정의 머리를 때렸다.

두 여자는 실 끊어진 연처럼 추락하여 장강의 물살 속으로 휘말려들었다.

적향은 눈을 감았다.

그녀 또한 묘백정과 미백정의 뒤를 따라 거센 물살에 삼켜 질 것이고 이번에는 절대로 살아남지 못하리라.

……바로 그 순간.

파—악!

적향은 옆구리에서 느껴지는 엄청난 통증에 자신도 모르게 눈을 부릅떴다.

"꺼헉!?"

옆구리에 박힌 사슬낫이 위로 팽팽하게 당겨지고 있었다.

미백정이 놓쳤던 사슬낫의 반대편 낫이 절벽가의 소나무 뿌리에 단단히 박혀 있는 것이 보였다.

"큭!"

적향은 본능적으로 손을 뻗어 옆구리에 박힌 사슬낫을 움켜쥐었다.

그녀는 파들파들 떨리는 손으로 쇠사슬을 잡고 절벽을 기어 올라왔다.

옆구리의 상처는 창자가 쏟아져 내릴 정도로 벌어져 있었지만, 일단 절벽 아래로 떨어지지 않은 것만 해도 천만다행이었다.

한편. 절벽 위에 있던 견술은 계속해서 진백정과 유백정에게 밀려나고 있었다.

"어휴, 좀 쉬었다가 하자! 둘이서 계속 번갈아 들어오니까 불공평하잖아!"

"개소리 말아라."

도망치는 견술을 향해 진백정이 철퇴를 집어 던졌다.

견술은 개작두를 휘둘러 철퇴를 막아 냈지만 그 뒤를 따라오는 유백정의 장검은 막지 못했다.

퍼-억!

견술의 오른쪽 귓불이 잘려 나가며 목에도 긴 혈선이 그어졌다.

"뒈질 뻔했잖아, 이 닭 새끼야!"

견술은 목을 뒤로 젖히는 동시에 발길질을 날려 유백정의 가슴팍을 걷어찼다.

그러나 유백정은 별다른 타격을 받지 않았다.

쭉 뻗어진 견술의 다리를 향해 진백정의 철퇴가 재차 떨어져 내렸기에 힘을 온전히 실을 수 없었기 때문이다.

"그것도 발차기라고 찼냐? 아주 비루먹은 개가 다 됐구만."

유백정이 삐뚜름한 미소와 함께 칼을 비튼다.

바로 그 순간.

빠—각!

옆에서 날아온 손도끼가 유백정의 칼등을 쳤다.

"!?"

유백정이 기겁을 하며 옆을 돌아보는 순간, 적향의 도끼가 재차 떨어져 내렸다.

"미친!"

유백정은 피칠갑을 한 채 돌진하는 적향의 모습을 보며 기겁했다.

그는 황급히 칼을 회수한 채 뒤로 물러났고 적향은 그대로 견술의 옆에 착지할 수 있었다.

견술이 휘파람을 불었다.

"여자가 돼서 좀 조신하게 다닐 수 없니? 창자가 다 흘러 내리잖아."

"살려 줘도 지랄이냐, 견가야."

적향은 쇠사슬로 복부를 칭칭 동여매며 대꾸했다.

"……."

잔백정과 유백정은 그런 둘을 질렸다는 표정으로 바라보고 있었다.

이윽고, 유백정이 말했다.

"너희들. 그렇게까지 필사적으로 발버둥 치는 이유가 뭐냐?"

"몰라서 묻냐? 네놈들이 스승님과 사형들을 배신했잖아."

적향이 대꾸하자 유백정은 머리를 긁적였다.

"인의(人義)가 밥 먹여 주는 것도 아닌데 계속 이러기냐? 너희 둘은 이미 몸 상태가 박살 난 것 같은데, 우리는 아직 쌩쌩하다고. 계속 싸웠다간 무조건 죽어."

"죽여 봐. 네놈들도 몸 성히 돌아가긴 힘들 거야. 최소한 사지의 절반은 불구로 만들어 주마."

적향의 살기 어린 말에 유백정은 표정을 와락 구겼다.

"사형. 이거 말이 안 통할 것 같은……."

순간, 고개를 돌린 유백정은 두 눈을 크게 떴다.

언제부터일까? 뒤에 서 있던 진백정이 자신을 묘한 시선으로 내려다보고 있었기 때문이다.

"사, 사형?"

유백정의 목소리가 떨렸다.

불길한 예감은 언제나 맞아떨어지는 법이다.

이윽고, 진백정이 철퇴를 들었다.

"미안하다, 사제."

"사, 사형! 잠깐만! 왜 나를……!?"

유백정은 비명조차 제대로 내지르지 못했다.

진백정의 철퇴가 순식간에 그의 머리통을 부숴 버렸기 때문이다.

후두둑— 후두둑— 후둑—

살점과 핏물이 비산한다.

적향과 견술은 의아한 표정으로 고개를 들었다.

유백정을 때려죽인 진백정이 침착한 어조로 말했다.

"너희들은 이대로 인백정에게 가라."

"왜 도와주냐?"

"도와주긴, 더 이상 미친개들을 상대하기 싫을 뿐이다."

진백정은 짜증스럽다는 듯 고개를 돌렸다.

"너희 같은 잃을 것 없는 것들과 개싸움을 벌이다가 잔상 처라도 입으면 얼마나 손해냐?"

"……."

"어차피 네놈들은 인백정을 절대 이기지 못한다. 보아하니 도망갈 것 같지도 않고, 이대로 인백정에게 싸움을 걸었다가 개죽음당하게 내버려 두는 것도 나쁘지 않겠지."

"……"

"혹시나 해서 말하는데, 이건 어디까지나 내가 귀찮아서 베푸는 호의야. 그러니까 다른 생각은 마라. 나는 몸에 상처하나 입지 않았고 내공 손실도 없지. 다 죽어 가는 네놈년들둘쯤이야 반각 안에 때려죽일 수 있단 말이다."

진백정은 느른한 어조로 발걸음을 옮겼다.

그때.

"잠깐!"

적향이 그를 불러 세웠다.

진백정이 고개를 돌렸다.

적향이 물었다.

"너, 군관 출신이지?"

"……"

그 말에 진백정의 미간이 찡그려졌다.

견술이 적향의 말을 받아 이었다.

"그러고 보니 들은 적이 있는 것 같군. 우리 강 사형이 원래 동창(東廠) 출신이라는 소문을."

"……"

진백정 강교(姜蛟)는 입을 다문 채 말이 없다.

적향이 다시 한번 입을 열었다.

"장강의 수적들을 약화시키기 위해 처음부터 잠입해 있었던 어린 고수라. 이거 경극 한 편 나오겠는데?"

"무슨 말이 하고 싶은 것이냐?"

진백정이 묻자 적향이 바로 말을 이었다.

"스승님께서는 다 알고 계셨다."

"……."

"네가 무슨 목적으로 스승님의 제자가 되었는지, 왜 수적 패에 들어와서 수적 행세를 했는지, 처음부터 다 알고 계셨 단 말이야."

진백정은 여전히 대답이 없다.

적향은 죽어 나자빠진 유백정을 흘끗 쳐다보며 말했다.

"장강의 수적들을 와해시키고 싶다면 지금이 기회야. 우 리랑 손잡고 인백정을 치자."

"……."

약간을 고민하던 진백정.

하지만 그는 이내 코웃음을 쳤다.

"네놈들과 손을 잡았을 거면 그 전에 자 사형과 축 사형의 손을 먼저 잡았을 것이다."

"만약 자 사형과 축 사형이 이겼다면 이후 장강수로채를 더욱 부흥시켰을 거야. 그러니 그때는 인백정의 편을 드는 게 맞았겠지."

"……."

"하지만 우리는 아냐. 우리는 그냥 인백정, 그 좆 같은 새끼를 죽이는 게 목표일 뿐이라고. 그 뒤에 장강수로채 따위야 해체되든지 말든지."

"……."

"그게 네 정체를 다 아시면서도 묵인해 주셨던 스승님에 대한 최소한의 예우 아니겠어?"

적향의 설득에 진백정은 잠시 고민했다.

이윽고. 진백정, 아니 강교의 고개가 끄덕여졌다.

"……내가 뭘 하면 되나?"

그 질문에 적향과 견술이 쾌재를 부르려는 순간.

어두운 숲속 저 너머에서 대답이 들려왔다.

"죽으면 된다."

적향과 견술, 강교가 고개를 돌리는 순간.

콰―직!

시뻘겋게 타오르는 칼날이 날아들어 강교의 목을 절반가량 잘라 버렸다.

"……! ……! ……!"

진백정 강교. 그는 아무런 반항조차 하지 못하고 허무하게 죽어 버렸다.

촤악―

흩뿌려지는 핏물.

시커먼 허공에 붉은 초승달이 휘영청 떴다.

피가 섞인 꿀처럼 뚝뚝 떨어져 내리는 불길한 검루(劍淚).

기형적으로 휘어진 만곡도가 느릿한 움직임으로 이쪽을 향한다.

"간만이야, 사제들."

인백정 가정맹.

그가 이쪽을 바라보며 해사하게 웃고 있었다.

*　*　*

　콰콰콰콰콰콰콰……

절벽 밑으로 장강의 본류(本流)가 흐른다.

만신창이가 되어 있는 적향과 견술의 앞에 미친 호랑이 한 마리가 나타났다.

저벅— 저벅— 저벅—

인백정(寅白丁).

시뻘겋게 타오르는 그의 두 눈에서는 통제할 길 없는 광기가 엿보인다.

"오랜만이야 사제들."

인백정이 웃었다.

입꼬리는 호선을 그리고 있었지만 눈은 전혀 웃고 있지 않았다.

적향과 견술은 피로 물든 몸을 곧게 세웠다.

스승의 원수, 형제들의 적이 지금 눈앞에 있다.

하지만 그럼에도 불구하고 적향은 몸을 움직일 수가 없었다.

"……! ……! ……!"

압도적인 살기(殺氣).

인백정의 몸에서 뿜어져 나오고 있는 그것이 그녀의 몸을 거대한 구렁이처럼 휘감아 조이고 있는 탓이다.

이윽고, 인백정은 손을 뻗어 진백정의 머리채를 잡았다.

뿌드득!

반쯤 잘려 나가 있던 목이 뜯어져 나왔다.

인백정은 진백정의 목을 덜렁덜렁 몇 번 흔들더니 그대로 흙바닥에 집어 던졌다.

"이 녀석이 동창의 첩자였을 줄이야. 까맣게 몰랐네."

만곡도에 실린 인백정의 내공이 불길처럼 이글거린다.

그것은 굽이진 칼등을 타고 흐른 끝에 날카로운 칼끝에 방울방울 맺혔다.

그러고는 혈액처럼 붉은 방울로 변해 뚝뚝 떨어져 내리고 있는 것이다.

"황궁의 정보 조직은 정말 넓게도 퍼져 있구나. 이거 나라님 귀에 들어갈까 무서워서 어디 맘 편히 수적질 하겠나."

인백정이 만곡도를 아래로 늘어트린 채 적향과 견술을 향해 발걸음을 옮겼다.

마치 붉은 초승달이 밤하늘에서 내려와 이쪽을 향해 다가

오는 것 같은 모양새였다.

"스승님은 왜 이런 떨거지 같은 놈들까지 다 품고 계셨던 걸까? 이해가 안 돼."

인백정이 멈춰 섰다.

적향과 견술은 그로부터 불과 다섯 장 거리에 있었다.

적향이 이를 악물었다.

"여기까지 직접 나올 줄은 몰랐네."

"직접 나와야지. 무려 스승님이 가장 아끼시던 우리 해 사매를 맞이하는 건데 말이야."

"……."

스승에 관련된 말이 나오자 적향의 표정이 사나워졌다.

인백정은 그런 적향을 놀리듯 말을 이었다.

"스승님께서 어떻게 돌아가셨는지, 내 알려 주랴?"

"……!"

적향이 눈에 띄게 동요한다.

숨이 거칠어졌고 상처에서 흘러나오는 더운 피가 점차 많아졌다.

인백정은 그런 변화를 즐기듯 턱을 쓰다듬었다.

"처음에는 그냥 노환이었지. 어느 순간부터는 거동도 힘들어 하시더군."

"……."

"그래서 방으로 뫼시고 침대에 눕혀 드렸어. 따끈한 탕약도 한 사발 드렸고."

"……."

"아 참. 그 탕약은 사 사제가 만들었던 거야."

"……!"

인백정은 지금 사백정 당삼랑을 언급하고 있었다.

그는 맹독 제조 연구 과정에서 비인도적인 행위를 한 것이 적발되어 사천당가에서 제명당한 미치광이.

그런 놈이 만든 탕약이 정상적인 것일 리가 없었다.

인백정은 웃음을 참으며 말했다.

"탕약을 드시니까 몸이 뜨거워지셨는지 계속 물을 찾으시더군."

"……."

"나중에는 움직이지도 못하고 그저 이불만 쥐어뜯으면서 물을 달라고 하는데…… 그 목소리가 너무 듣기 싫은 거야."

"……."

"그래서 그냥 방문 앞에다가 벽돌을 쌓고 회반죽을 발라 버렸어. 끝."

인백정은 결국 폭소를 터트리고 말았다.

"그러니까. 스승님이 돌아가셨는지 아직 살아 계시는지는 나도 모른다 이거야."

"……."

"걱정되면 얼른 물 한 사발 떠서 들어가 봐. 그런데 회반죽이 벌써 꽤 단단하게 굳어서, 깨트리려면 고생 좀 할 거야."

인백정의 마지막 말에 결국 적향의 눈이 돌아갔다.

"이 개만도 못한 새끼가!?"

적향이 두 자루의 도끼를 들고 달려 나갔다.

배를 둘둘 휘감고 있는 쇠사슬 사이로 핏물이 마구 뿜어져 나왔지만 전혀 개의치 않는 모습이었다.

깡! 쩌—엉!

인백정은 만곡도를 가로로 뉘여 적향의 쌍도끼를 막아 냈다.

둘은 순식간에 십여 합을 주고받았다.

적향의 쌍도끼는 인백정의 칼에 막혀 빗나가거나 튕겨 나 갔지만 인백정의 칼은 적향의 복부를 깊숙이 파고들었다.

…까가각! 뚝!

적향의 배에 감겨 있던 쇠사슬이 끊어지며 상처가 또다시 벌어졌다.

이대로 두면 정말로 창자가 흘러내릴 것 같았기에, 적향은 서둘러 손으로 배를 누르고 뒤로 물러났다.

인백정은 그런 적향을 느긋하게 뒤쫓았다.

"상처입은 돼지가 범을 피해 산속으로 도망치는구나. 글 쎄 어떨까, 살 수 있을까?"

"……."

적향은 이를 뿌득뿌득 갈았다.

이윽고, 그녀는 도끼 하나를 버리고 한 손으로는 배를 감쌌다.

그리고 다른 손에 든 도끼를 붕붕 휘두르며 덤벼들었다.

인백정은 또다시 웃었다.

"근성 하나는 대단하구나. 이러니 스승님께서 너를 아끼셨던 게지."

하지만 근성이 모든 것을 해결해 주지는 않는다.

쩌-억!

인백정의 만곡도가 새빨갛게 타오르는가 싶더니 그대로 적향의 도끼를 잘라 버렸다.

단단한 무쇠로 만들어진 도끼날이 잘려 나가며 적향의 가슴팍에도 긴 상처가 남았다.

…쿵!

적향은 그대로 바닥을 굴렀다.

마른 솔잎과 축축한 흙이 피범벅된 상처에 온통 범벅되었다.

그때쯤 해서, 인백정은 옆으로 시선을 옮겼다.

그곳에는 개작두를 든 견술이 시큰둥한 표정으로 서 있었다.

인백정이 말했다.

"술 사제. 너는 왜 안 덤비니?"

"틈을 보고 있는 중."

"그렇구나."

견술의 대답에 인백정은 빙그레 웃으며 말을 이었다.

"나는 사제들 중에 너를 가장 아꼈었다. 알고 있니?"

"몰랐는데. 그럼 살려 줄 거니?"

"아니. 그건 아니고."

"아깝네."

"아깝긴. 그래서 내가 너에게 수차례 구애를 했잖니. 다른 사제들 오기 전에 미리 내게로 오라고. 왜 그때는 말을 안 들었니?"

인백정은 지금껏 견술을 휘하에 넣기 위해 꽤나 애를 썼었다.

하지만 견술은 지금껏 인백정의 구애를 모두 거절해 왔다.

그래서 인백정은 그것이 아무도 따르지 않는 견술의 성향이거니 하고 포기하고 있었던 참인데……

"따라다니고 싶은 사람을 만났거든."

견술의 대답은 인백정의 미간을 찡그려지게 만들기에 충분한 것이었다.

인백정이 물었다.

"나보다 더?"

"너는 애초에 논할 거리조차 못 됐지."

"네가 따라다니고 싶다는 그 사람이 해 사매는 아닐 거고. 으음……"

견술의 대답을 들은 인백정은 고민했다.

그러고는 고개를 갸웃하며 말했다.

"그럼 내가 아니라 그 사람을 선택한 이유가 뭔데?"

정말로 궁금하다는 듯한 인백정의 질문에 견술은 일언지하로 대답했다.

"너는 별로 재미가 없어."

"……."

인백정의 표정이 딱딱하게 굳었다.

불쾌감은 곧 살기로 변해 주변의 대기를 끓인다.

공기 중의 수분이 순식간에 말라붙었고 주변 모든 것들의 표면이 미세하게나마 쩍쩍 갈라졌다.

"내 것이 되지 않겠다면……."

"죽으라 이거지?"

"대화가 빨라서 좋아. 그래서 아까워."

인백정의 만곡도와 견술의 개작두가 붙었다.

콰—쾅!

쇠붙이와 쇠붙이가 만났는데 마치 대량의 화약이 터져 나가는 듯한 굉음이 울려퍼졌다.

견술은 작두날을 긁어내리는 만곡도를 위로 튕겨 내는 동시에 몸을 뒤로 회전시키며 발차기를 날렸다.

하지만 인백정은 견술의 발길질을 너무나도 쉽게 손으로 잡아챘다.

"시도는 좋았어."

그리고 튕겨 올라갔던 만곡도를 그대로 다시 내리그었다.

발을 잡힌 견술은 별수 없이 작두를 들어 그것을 맞받아칠 수밖에 없었다.

…콰쾅!

균형을 잃은 견술은 그대로 땅바닥에 찍어 눌렸다.

인백정의 만곡도는 마치 태산을 얹고 있는 듯한 거력으로 견술을 내리눌렀다.

꽈드드드드드득!

만곡도와 개작두가 힘겨루기를 하고 있는 동안, 바닥에 처박힌 견술과 인백정의 얼굴이 가까워졌다.

"지금이라도 안 늦었어."

"좆."

"개면 개답게 바닥에 누워서 배를 보여야지."

"까."

견술이 피로 물든 이를 드러내 보이며 웃었다.

그리고는 무릎을 세워 인백정의 사타구니를 올려 찍었다.

하지만 인백정은 몸을 옆으로 틀고는 발로 견술의 허벅지를 비틀어 밟았다.

뿌드드드득!

허벅지 안쪽의 살가죽이 비틀려 찢어졌다.

견술의 눈에 핏발이 서기 시작했다.

그때.

부─웅!

옆에서 날아든 손도끼가 인백정의 귀밑머리 끝을 자르며 지나갔다.

…퍽!

소나무에 박힌 손도끼.

그리고 미간을 찡그리는 인백정.

그 너머에서 적향이 만신창이가 된 몸을 일으켰다.

그때쯤 해서 바닥에 깔려 있던 견술도 몸을 데굴데굴 굴려 적향의 옆에 섰다.

인백정이 앞머리를 쓸어 넘겼다.

"끝까지 발버둥치는 모습이 보기 좋네. 먼저 간 우리 사제 사매들한테는 그런 게 없었는데 말이야."

"……."

"곧 백두급들이 내려올 거야. 그때에도 이렇게 분발해 줬으면 좋겠어."

곧 인백정의 부하들이 이곳에 당도한다.

적향과 견술에게는 더더욱 절망적인 흐름이었다.

……바로 그때.

툭─

어둠 속에서 무언가가 날아왔다.

툭─ 툭─

그것은 동그란 구체의 형태를 하고 있었고 색깔은 검붉었기에, 어둠 속에서는 무엇인지 한눈에 분간이 가지 않았다.

툭— 툭— 툭—

그것들은 하나가 아니라 여러 개였다.

흙바닥 위를 데굴데굴 굴러오는 그것들을 인백정은 물끄러미 내려다보았다.

"뭐야 이거?"

그것은 사람의 머리였다.

인백정 휘하에 있는 백두들의 목.

그것들이 어둠 너머에서 계속해서 굴러오고 있는 것이다.

툭— 데구르르르르……

심지어 마지막에 굴러온 머리는 사백정 당삼랑의 것이었다.

"……!"

인백정이 고개를 들었다.

그러자 소나무숲 사이, 마른 솔잎들이 깔린 길 너머로 그림자 하나가 유령처럼 어른거렸다.

"드디어 만났군."

추이. 무표정한 얼굴의 불청객이 그곳에 서 있었다.

인백정은 순간 고개를 갸웃했다.

"……?"

추이의 앳된 얼굴은 도무지 이 상황에 어울리지 않는 것이었기 때문이다.

하지만 이내 인백정은 상황을 파악했다.

백두들에 이어 사백정의 목까지 들고 온 자라면 연령과는 상관없이 경계해야 할 적이다.

인백정이 헛웃음과 함께 말했다.

"내 사제들을 충동질한 놈이 너로구나. 아해야, 무슨 목적으로 이러는 것이냐?"

"새 창 값을 해야 하고, 또 겸사겸사 네 스승도 만나 볼 생각이다."

"내 스승? 하하하ー 오늘따라 스승님을 찾는 손님들이 많군. 아까 이미 다 설명 마쳤다. 벌써 굶어 뒈졌지 싶은데 말이야."

추이의 대답을 들은 인백정이 빈정거리듯 말했다.

하지만 추이는 고개를 절레절레 저었다.

"그 스승 말고."

"⋯⋯?"

순간, 인백정의 몸이 멈칫했다.

그는 황급히 하늘을 향해 고개를 들었다.

밤하늘에는 여전히 아무것도 없다.

달도 별도 구름도, 모든 것들이 두려움에 떨며 자취를 감추었다.

밤하늘의 정중앙에서 시뻘겋게 타오르는 별 하나만이 형

형한 빛을 뿌리고 있었다.

……분명히 아까까지만 해도 그랬을 터였다.

"!"

하지만 지금은 아니었다.

시커먼 밤하늘에는 붉은 별 하나가 더 떠 있었다.

같은 자리에서 불길한 빛을 발하고 있는 새로운 혈성(血星).

두 개의 시뻘건 별.

인백정이 그것을 확인하는 순간.

…후욱!

전방에서 검붉은 내력의 소용돌이가 휘몰아치기 시작했다.

수없이 많은 창귀들이 불길처럼 너울너울 춤추는 사이로 무시무시한 음성이 들려온다.

"홍공 어디 있냐."

추이가 진짜 힘을 드러내고 있었다.

추이는 옛날의 기억 하나를 떠올렸다.

어느 비 오는 날 밤, 홍공과 나누었던 대화다.

'너는 운이 좋다. 너 이전에 다른 놈을 가르쳤을 때에는 이 무공이 불완전한 상태였거든. 그래. 이름이 가정맹이었던 가? 그 가없은 수적 놈이 지금은 뭘 하고 살고 있으려나?'

인백정 가정맹(苛政猛).

그는 지난 생의 홍공이 중원을 떠나기 전에 뿌려 놓았던 혈겁의 씨앗들 중 하나였다.

한 가지 다행인 것은, 홍공이 정(定), 사(私), 마(魔)에 쫓겨 중원을 완전히 떠나고 난 다음에야 창귀칭이라는 마공을 완성시켰다는 점이었다.

홍공이 수많은 임상 실험들을 통해, 심지어 자신의 몸까지 실험체로 동원해 가며 창귀칭을 완벽하게 다듬어 냈을 그때.

그 시점에서 변방 중에서도 변방, 오랑캐들과의 전장에서 구르고 있었던 추이가 홍공과 만났던 것이다.

그러니까, 추이는 완전해진 창귀칭을 전수받은 홍공의 첫 제자이자 마지막 제자인 셈이다.

'사실 제자라기보다는 실험체에 가까웠지만……'

추이는 창귀칭의 힘을 끌어올렸다.

반대편에 있는 상대 역시도 창귀칭의 힘을 끌어올리고 있다.

하지만 추이의 눈에는 보였다.

'딱 봐도 불완전한 단계군. 마공이 따로 없어.'

온전하게 완성된 창귀칭은 사실 마공이라고 하기에는 민망할 정도로 정순한 내공을 사용한다.

어느 정도의 경지를 넘어서게 되면 정신이 맑아지게 되며 몸 내부를 극단적으로 혹사시키던 것 역시도 일반적인 정종의 무공과 다를 바가 없게 된다.

심지어 추이는 묘족의 호흡법을 이용해 초반부의 부작용마저 완전하게 억제하고 있는 상황.

그래서 추이는 인백정이 현재 어떤 상태에 있는지 더더욱 정확하게 판단할 수 있었다.

'눈이 붉게 충혈되어 있고 땀에 피가 섞여 나온다. 욕망과 충동을 조절하지 못하게 되고, 이성적인 판단이 어려우며, 매사에 있어 자신의 힘을 과신하게 되겠지.'

지금 인백정의 상태는 개가 광견병에 걸려 있는 것과 크게 다르지 않다.

그렇다면 그런 상태의 적을 어떻게 다루어야 하는가.

그 점에 대해 추이는 이미 잘 알고 있었다.

"죽도록 패는 것이 답이지."

추이의 창이 기형적으로 꺾인다.

…철커덕! …철커덕! …철커덕! …철커덕!

총 네 개의 마디로 나뉜 매화귀창이 몸을 뱀처럼 꿈틀거렸다.

창대 사이에 연결된 쇠사슬 위로 붉은 기운이 아지랑이처럼 피어나기 시작했다.

촤아악-

검붉은 창날이 인백정을 향해 날아갔다.

"!?"

인백정은 황급히 만곡도를 들어 올렸다.

까-앙!

불똥과 내공의 파편들이 뒤섞여 튀었다.

칼은 휘어지고 창은 곧게 뻗어 나간다.

인백정은 칼등으로 창날을 위로 쳐올렸다.

그의 입가에 삐뚜름한 미소가 걸렸다.

"그렇군, 역시…… 홍공 그 늙은이, 나에게만 창귀칭을 가르쳐 준 게 아니었군."

추이는 무표정한 얼굴로 창을 회수했다.

현재 추이는 사백정과 인채의 백두들을 창귀로 만들어 부리고 있었다.

창귀칭의 숙련도는 무려 이올(彝兀)의 제사 충계에 속하는 수준.

회귀 전의 삶이었다면 마흔이 넘어서야 겨우 도달할 수 있었던 경지였다.

그러나.

"큭큭큭- 그렇다면 뭐라고 불러야 하나. 사제? 네놈 역시도 나의 사제가 되는가."

인백정의 기세는 그런 추이의 것보다도 훨씬 더 크고 강대했다.

"좋다 사제. 하지만 그 정도로는 나를 누를 수 없다."

인백정이 든 만곡도가 빠르게 휘둘러졌다.

시뻘건 참격이 날아들어 추이의 목을 노린다.

따—앙!

추이는 창대를 비틀어 인백정의 참격을 흘려보냈다.

그 위로 인백정이 휘두르는 참격의 초승달이 무더기로 떨어져 내렸다.

콰콰콰콰콰쾅!

지면이 쩍쩍 갈라진다.

절벽가의 지형이 통째로 뒤바뀌고 있었다.

인백정은 웃음을 터트렸다.

"나는 온갖 전쟁터를 떠돌며 창귀들을 모았다. 너 같은 애송이하고는 머릿수가 달라."

그 말대로였다.

추이의 눈에는 또렷하게 보였다.

인백정의 뒤로 어마어마한 수의 창귀들이 피눈물을 흘리고 있는 것이.

그리고 그중에는 얼마 전에 창귀가 된 것으로 보이는 자백정 서우학과 축백정 우철우도 섞여 있었다.

"그뿐이냐? 내가 누구를 잡아먹었는지 보아라."

인백정이 전신의 내공을 폭사시켰다.

피의 안개가 낀 듯, 시야가 온통 붉게 물들었다.

ㅊㅊㅊㅊㅊㅊㅊㅊ……

만곡도의 끝에서 붉은 아지랑이들이 피어나더니 이내 사

람의 형상을 갖추었다.

거정 공제환. 한때 장강 일대를 통째로 지배했던 초절정고수의 얼굴이 어른거리고 있었다.

인백정은 칼끝에 피어난 옛 스승의 얼굴을 황홀하다는 듯한 시선으로 들여다본다..

"스승님 하나를 잡아먹는 것만으로도 나는 이올의 경지에 도달할 수 있었다."

"……."

"보아하니 너도 제법 창귀들을 많이 모은 모양이다만……운이 나빴구나. 하필 상대가 나라서."

인백정이 만곡도를 높게 들어 올렸다.

또다시 시뻘건 내력이 모여들어 휘어져 있는 칼끝에 응축된다.

지이이이이이이잉-

만곡도가 울어 대는 소리가 절벽가를 쩌렁쩌렁 떨어 울리고 있었다.

번-쩍!

또다시 참격이 날아들었다.

인백정이 만곡도를 한번 좌에서 우로, 위에서 아래로 휘두를 때마다 절벽의 귀퉁이가 토막토막 잘려 나가 강물로 떨어졌다.

그 가공스러운 힘 앞에 적향과 견술은 이를 악물고 있었다.

"힘으로는 못 이겨!"

"정면승부는 피해야 돼, 예쁜아!"

하지만 둘의 조언은 닿지 않았다.

퍼퍼퍼퍽!

인백정의 칼끝에서 흩뿌려진 도루(刀淚)는 추이의 전신 곳곳을 베어 가르며 선혈을 흩뿌려 놓았다.

"……."

추이는 계속해서 창을 찔러 넣었으나 변칙적으로 움직이는 매화귀창의 움직임도 인백정의 힘을 이기지는 못했다.

핏―

추이의 창은 인백정의 팔이 접히는 부분의 팔오금을 스치고 지나갔다.

…퍼억!

반면 인백정의 칼은 추이의 가슴팍을 길게 베었다.

핏―

추이는 재빨리 몸을 옆으로 비틀어 창을 찔러 넣었으나 이번에도 인백정의 무릎 뒤의 오금을 가볍게 스치는 것에서 그쳤다.

퍼―억!

인백정은 발을 뻗어 그대로 추이의 배를 걷어찼다.

…콰쾅!

내력이 실린 발길질은 바위도 부순다.

그런 것을 배에 정통으로 얻어맞았으니 피를 토하지 않는 것이 이상했다.

우지지지지직!

추이는 뒤로 날아갔고 커다란 바위 하나를 부순 뒤 그 너머에 있는 소나무까지도 뿌리를 드러내게 만들었다.

"아아……."

적향의 입에서 끊어지는 듯한 신음이 흘러나왔다.

믿었던 추이조차도 이 꼴이다.

인백정의 무공은 이제 절정을 넘어 초절정을 향해 치닫고 있었다.

복수의 길 앞에 점차 불가능이라는 이름의 거대한 벽이 세워져 가고 있는 것이다.

저벅- 저벅- 저벅-

바닥을 나뒹구는 추이의 앞으로 인백정이 걸어왔다.

느긋한 발걸음, 비릿한 미소는 그가 지금의 상황을 어떻게 인식하고 있는지를 잘 보여 준다.

절대적인 확신.

인백정은 자신의 전신에서 부글부글 끓고 있는 거대한 힘에 흠뻑 취해 있었다.

"암만 날뛰어도 창귀의 숫자를 뒤집을 수는 없다."

"……."

추이는 마지막으로 한 번 더 창을 휘둘렀다.

키리리릭– 피잇!

채찍처럼 날아든 창끝은 인백정의 반대쪽 팔오금과 오금을 스치며 지나갔다.

인백정의 표정이 구겨졌다.

추이는 아까부터 겨드랑이나 오금 등, 피부가 접히는 동시에 뼈와 뼈 사이가 연결되는 부위들을 집요하게 노리고 있었다.

하지만 자신은 그저 살가죽 표면에 미세한 상처를 입었을 뿐이다.

상대는 그 대가로 가슴팍과 허리에 깊은 검상을 입었고 저렇게 절벽 끝에 몰리기까지 하지 않았나.

이 시점에서 인백정은 승리를 확신하고 있었다.

그때, 추이의 입이 열렸다.

"불완전한 창귀칭은 한낱 마공일 뿐."

"큭큭큭– 마지막에 가서 무슨 소리를 하나 했더니."

인백정은 어깨를 으쓱했다.

그는 내력이 핏방울처럼 뚝뚝 떨어져 내리는 만곡도를 들어 올렸다.

그러고는 속에 담아 두었던 말을 꺼냈다.

"홍공. 그자는 내게 창귀칭을 주었다."

"……."

"나를 인정해 주지 않던 스승도, 항상 내 앞에 있었던 사형들도, 모두 찍어 눌러 버릴 수 있는 힘을 준 거야.”

“…….”

“그런 마당에 마공이 뭐가 어때서? 정도의 무공인지, 사도의 무공인지, 그것이 뭐가 중요하다는 말이냐?”

인백정의 눈에는 광기가 번들거린다.

위로 올라갈 수만 있다면 마공을 익히는 것이 뭐가 대수냐는 듯한 태도였다.

하지만.

“……!”

앞으로 한 발자국을 내딛는 순간, 인백정의 미소는 곧바로 사라졌다.

몸이 움직이지 않는다.

인백정은 황급히 시선을 내렸다.

파들파들……

손가락이 미세하게 떨린다.

마치 다른 누군가에게 붙잡혀 있는 듯 말을 듣지 않는 손.

‘뭐지?’

인백정은 당황했다.

뭔가 싶어 발을 뒤로 빼려 했지만.

“……!”

이제는 발도 말을 듣지 않고 있었다.

멀리서 지켜보고 있던 적향과 견술도 의아한 표정을 지

었다.

"뭐야?"

"왜 저래?"

지금껏 잘 날뛰고 있던 인백정이 갑자기 굳은 몸으로 삐걱
거리고 있으니 당연한 소리다.

"뭐, 뭐냐? 무슨 사술이냐 이게?"

인백정은 움직여지지 않는 몸을 억지로 움직였다.

우득- 뿌드득! 빠각- 뿌지지직!

관절 부근이 삐걱거리며 곳곳에서 살가죽 찢어지는 소리
가 들려온다.

인백정은 그제야 깨달았다.

추이의 창이 스치고 지나가며 생긴 얇은 상처들.

그 상처들이 지나가고 난 곳을 기점으로 마비가 시작되었
다.

가령 팔오금이 베이고 난 뒤부터는 팔꿈치 아래 전체가 말
을 듣지 않는 느낌이었다.

인백정이 버럭 소리 질렀다.

"뭐야 이게! 내 몸에 무슨 짓을 한 것이냐!?"

"그러게 말하지 않았나. 불완전한 창귀칭은 한낱 마공일
뿐이라고."

추이의 말에 인백정의 눈이 다시 한번 돌아갔다.

"마공인 것 안다! 마공이 뭐가 어떻다는 거야! 나는 이걸

로 다 손에 넣었다! 앞으로도 그럴 것이고!"

동시에 그의 몸 곳곳에서 피 분수가 폭발했다.

…푸슉! …뿌슉! …푸슈슉! 퍼퍼퍼퍼펑!

몇 방울의 피가 배어 나오는 것이 고작이었던 잔상처들이
일제히 쩍쩍 벌어지며 엄청난 양의 피를 뿜어내고 있었다.

우드득! 뿌드득! 뚜각!

움직이지 않던 인백정의 몸이 다시 움직이기 시작했다.

악귀 같은 기세로 만곡도를 들어 올리는 인백정.

그 무시무시한 살기 앞에 적향과 견술조차도 숨을 죽이고
있었다.

하지만.

"머리가 좀 나쁘구나, 너."

뒤이어지는 추이의 말이 인백정의 표정을 멍하게 만들어
놓았다.

이윽고, 추이의 창이 인백정을 겨눈다.

"불완전한 창귀칭은 한낱 마공일 뿐. 이 명제에서 중요한
것은 '마공'이라는 점이 아니다."

"……?"

동시에, 추이의 몸이 앞으로 쏘아져 나갔다.

작살처럼 쏘아지는 추이의 창이 그대로 인백정의 심장을
향했다.

인백정은 만곡도를 휘두르려 했지만.

…떠걱!

또다시 팔이 멈춰 버렸다.

"으극!?"

순간, 자신의 팔을 돌아보는 인백정의 목과 턱이 기괴하게 뒤틀렸다.

또다시 몸의 관절과 뼈의 접합부 마디마디에서 대량의 피 분수가 폭발했다.

그 앞으로 추이의 그림자가 빠르게 드리워진다.

"중요한 것은."

이윽고, 인백정의 코앞까지 다가간 추이는 나지막한 목소리로 말을 이었다.

"……'불완전하다'는 점이야."

추이의 창이 날아든다.

그것은 일직선으로 쏘아지던 끝에 갑작스럽게 궤도를 바꾸어 인백정의 얼굴을 노렸다.

평소대로였다면 쉽게 피했을 것이다.

하지만 인백정은 지금 사지가 말을 듣지 않고 있는 상태인지라 움직임이 부자연스러웠다.

결국.

…뿌드드득!

고개를 옆으로 젖힌 인백정의 왼쪽 안면이 뜯겨 나갔다.

퍼-엉!

살가죽이 몽땅 찢어지며 머리카락, 귀, 볼의 살점, 코의 절반, 가장 왼쪽의 어금니 네 개, 두개골의 겉표면 일부가 긁혀 나갔다.

"끄-아아아아아악!?"

인백정은 손을 들어 상처를 감싸려 했으나.

꽈기기기긱!

이번에도 팔의 관절들은 머리의 명령을 거부한 채 제멋대로 꺾이고 있었다.

"으극! 이, 이럴 수는 없어! 왜! 왜 이 노예 새끼들이……!?"

이쯤 되면 인백정도 슬슬 상황의 원인을 인지할 때가 되었다.

창귀(倀鬼).

지금 인백정의 움직임을 방해하고 있는 것들은 지금껏 그가 흡수해 왔던 창귀들이었다.

추이가 창을 회수하며 말했다.

"너의 창귀칭은 불완전하다."

"……?"

"창귀에게서 뽑아내는 내력의 양은 폭발적이나, 그만큼 창귀에게 자율성을 많이 부여하지."

"……!"

그 말대로다.

인백정이 익힌 창귀칭은 창귀 하나에게서 뽑아낼 수 있는
내력이 많다.

……하지만.

창귀들을 가차 없이 쥐어짜 더더욱 많은 힘을 내게 만듦에
도 불구하고 홍공이 이때의 창귀칭을 실패작으로 분류한 이
유는 명확했다.

창귀칭을 익힌 자의 정신력이 약해졌을 때 창귀들이 몸의
지배권을 일부 획득할 수 있다는 위험.

단지 그뿐이었다.

노예의 수가 아무리 많고, 그들의 고혈을 철저히 쥐어짜
낼 수 있는 기술이 있다고 해도, 노예들이 반란을 일으켜 버
리면 결국에는 손해다.

노예를 진압하는 과정에서 싸움이 벌어진 곳은 쑥대밭이
되고, 진압하는 데 쓰이는 힘이 낭비되며, 그로 인하여 손실
된 노예들의 노동력은 당연하고, 그것을 복구하는 데에도 많
은 비용이 들어가는 것이다.

창귀칭 역시도 마찬가지다.

홍공은 인백정에게 창귀칭을 전수할 당시만 해도 그것을
완성 단계라고 여겼다.

하지만 인백정을 포함한 많은 실험체들이 결국 창귀에게
잡아먹혀서 폭주하는 것을 본 뒤로는 생각을 바꾸었다.

자신의 무의식에 따라 폭주하는 것이야 부작용 때문에 어

쩔 수 없다고 쳐도, 창귀에게 역으로 잡아먹혀서 조종당하는 것은 완전히 다른 말이기 때문이었다.

반면, 추이가 익힌 창귀칭은 여러모로 인백정의 창귀칭에 비해 약하다.

창귀에게서 뽑아낼 수 있는 내력의 수율이 적기 때문에 같은 머릿수의 창귀를 흡수하였을 경우 인백정 쪽의 훨씬 더 내력의 증가 폭이 큰 것이다.

하지만, 추이에게는 절대적인 이점이 있었다.

"'불완전하다'라는 개념이 있다면 '완전하다'라는 개념도 있겠지?"

"……?"

"그게 바로 나의 경우야."

"……!"

안정성.

추이가 한번 흡수한 창귀는 절대로 반란을 일으키지 못한다.

비록 뽑아낼 수 있는 내력의 양은 떨어지나, 추이의 몸이 어떤 상태에 놓여 있든 철저히 복종하는 것이다.

비유하자면…… 인백정의 노예는 힘이 좋으나 언제든 주인의 등에 칼을 꽂을 위험이 있는 존재들이고, 추이의 노예는 힘이 약하나 주인의 상태가 어떻든 충심으로 모시는 존재들이라고 할 수 있겠다.

쿠-오오오오오!

추이가 기세를 일으켰다.

밤하늘에 떠 있던 붉은 별 두 개가 섬뜩한 빛을 뿌린다.

그중 원래 있던 별이 아닌, 나중에 나타난 신성이 무서운 기세로 빛의 크기를 불려 나간다.

기존에 있던 별을 삼키려 드는 것이다.

"…! ……! ……!"

인백정은 추이를 피해 몸을 꿈틀거렸다.

하지만 몸은 여전히 잘 움직이지 않았다.

다만 곳곳에 난 잔상처들을 통해서 피분수가 계속 뿜어져 나올 뿐이다.

그제야 인백정의 눈에도 보이기 시작했다.

[킥킥킥킥킥킥킥……]

지금껏 잡아먹은 창귀들.

그것들이 피부와 피부 사이에 벌어진 상처를 통해 기어 나와 자신의 팔다리를 휘감고 있었다.

마치 중앙에서 집권하고 있는 군주가 먼 지방에서 일어난 반란에 애를 먹듯, 그렇게 창귀들은 인백정의 의식에서 가장 멀리 떨어져 있는 손가락 끝, 발가락 끝의 부위들부터 차례차례 점거하고 있었다.

"끄ㅇㅇㅇㅇㅇㅇ……."

인백정은 팔다리의 통제권을 되찾아오기 위해 무진 애를

썼다.

그가 한번 힘을 줄 때마다 상처에서 빠져나오던 혈액들이 썰물처럼 들어갔다가 도로 눈치를 보며 흘러나오길 반복하고 있었다.

그때.

"……!"

인백정의 오른쪽 겨드랑이 밑 상처에서 유독 검붉은 핏물 한 줄기가 줄줄 흘러나왔다.

그것은 꿀처럼 끈적하게 늘어지는가 싶더니 이내 사람의 형상으로 변한다.

[이놈 가정맹아! 네가 그러고도 정녕 살기를 바랐더냐!?]

그것은 바로 자백정 서우학이었다.

동시에, 인백정의 왼쪽 오금에 난 상처를 비집고 나오는 것이 있었다.

[네 반드시 네놈을 황천행 길동무로 삼으리라!]

축백정 우철우가 인백정의 하체를 단단히 옥죄고 있었다.

"크으으으윽! 이 새끼들……."

인백정이 이를 악물었다.

그는 불러냈던 창귀들을 억지로 단전 깊숙한 곳에 밀어 넣었다.

"좋다! 그렇다면 네놈들을 안 쓰면 그만이야!"

인백정은 창귀칭을 거두었다.

혈맥 곳곳에 흐르고 있던 내력들을 거두어들이자 창귀들은 썰물처럼 끌려가 단전의 감옥에 갇힌다.

그제야 인백정은 비로소 몸의 통제권을 되찾았다.

바로 그 순간.

"커헉!?"

인백정은 입에서 피를 한 움큼 토해 냈다.

"……?"

영문을 알 수 없다는 듯 이쪽을 바라보는 인백정에게 추이는 창을 한번 흔들어 보였다.

"네 사제의 독. 효과가 좋더군."

"……!"

추이는 인백정과의 결전에 임하기 전, 미리 창에다가 사백정의 묘독을 발라 놓았던 것이다.

인백정은 부들부들 떨기 시작했다.

창귀칭의 내력을 끌어내어 몸속에 퍼진 맹독을 억누르자니 창귀들의 반란이 두렵다.

그렇다고 창귀들을 쓰지 않자니 평범한 심법과 내력으로는 독기를 억누를 길이 없다.

인백정은 외통수에 걸려 버린 것이다.

저벅- 저벅- 저벅-.

추이가 느긋하게 발걸음을 옮겼다.

"창귀를 안 쓰면 독을 누르는 것이 어려울 것이다. 뭐 하나?"

"……."

인백정은 식은땀을 흘렸다.

추이는 지금 창귀를 써서 당장 급한 불을 끄라고 유혹한다.

하지만 그 말대로 창귀를 꺼내 썼다가는 또다시 몸의 통제권을 잃어버릴 것이다.

"크윽……!"

결국 인백정은 창귀를 다시 이끌어 낼 수밖에 없었다.

"옳지. 그래야지."

추이가 창을 드는 순간, 인백정의 목에서 시뻘건 팔이 돋아났다.

[이놈! 배신자야!]

[너 같은 놈은 죽는 편이 낫다!]

자백정 서우학의 팔과 축백정 우철우의 팔이 인백정의 목을 조르고 있었다.

숨이 막히자 눈에 핏발이 곤두선다.

실핏줄이 터진 눈알이 붉게 물들며 혈루(血淚)가 절로 흘러내렸다.

"크헉— 컥…… 카학!"

인백정은 목을 움켜쥔 채 비틀거린다.

하지만 멀리서 지켜보는 적향과 견술에게는 인백정이 그

장강혈사 191

저 아무것도 없는 자신의 목을 조르고 있는 것처럼 보였다.

이윽고, 추이가 인백정의 앞으로 다가왔다.

"홍공. 어딨나."

그 말에 인백정은 눈을 질끈 감았다.

그리고 피가 섞인 식은땀을 줄줄 흘리며 웃었다.

"곧…… 만나게 될지도 모르지."

동시에, 인백정이 두 눈을 번쩍 떴다.

그는 목을 긁고 있던 두 손을 떼고는 만곡도를 움켜잡았다.

그러고는 지금까지 흡수했던 모든 창귀들을 죄다 꺼내 들었다.

쿠—ㅇㅇㅇㅇㅇㅇㅇㅇ!

수없이 많은 창귀들이 목을 조르고 팔다리를 비틀어 꺾는 와중에도 인백정은 만곡도를 높이 들어 올렸다.

"조심해! 최후의 발악이다!"

적향이 외쳤지만 이미 늦었다.

"큭큭큭큭! 죽어도 혼자는 못 죽지. 최소한 너 정도는 데려가련다!"

인백정의 만곡도가 아래로 떨어졌다.

그것은 마치 어둠을 가르는 붉은 벼락처럼 추이를 향해 날아갔다.

"……"

창귀
무쌍

추이 역시도 마지막 한 방을 준비하고 있었다.

…철커덕!

하나의 장창으로 조립된 매화귀창이 빛살처럼 쏘아졌다.

붉게 타오르는 칼과 창이 허공에서 아주 잠시 마주했다.

그러고는 이내 서로를 지나쳐, 각자의 궤도를 향해 쏘아져 나간다.

정반대의 길. 정반대의 목표.

인백정의 만곡도는 원을 그리며 회전했고 그대로 추이의 머리를 향해 떨어져 내렸다.

추이는 고개를 뒤로 젖혔다.

만곡도는 아래로 떨어져 내리며 추이의 가슴팍과 옆구리를 베었다.

그리고 그 직후 그대로 지면에 내리꽂혔다.

만약, 만약 인백정이 자백정과 축백정의 합공에 의해 한쪽 눈을 잃지 않았다면.

그랬다면 그가 최후의 순간 집어 던진 칼은 추이의 머리에 맞았을까?

……하지만 이미 벌어진 일에 대한 가정은 무의미한 일이다.

키리리리릭—

반면 추이의 창은 일직선으로 날아갔다.

그리고 정확히, 인백정의 심장을 관통해 버렸다.

…퍼펑!

인백정은 비명 한마디 지르지 못했다.

창에 꿰인 채 뒤로 날아가 소나무에 깊이 못박히는 것이 그의 최후였다.

적향이 도끼를 든 채 인백정을 향해 달려가는 모습이 보였다.

바로 그때.

콰—직!

추이가 딛고 있던 지면에서 요란한 소리가 들려왔다.

고개를 돌려 보니 인백정이 마지막에 집어 던진 만곡도가 지면에 깊숙하게 박혀 있는 것이 보인다.

그 주변으로 깊은 균열들이 계속해서 생겨나고 있었다.

인백정은 마지막까지 추이에 대한 악의를 불태우며 간 것이다.

콰르르르릉!

요란한 굉음과 함께, 절벽 귀퉁이가 무너져 내렸다.

"어이! 이봐! 예쁜이!"

견술이 재빨리 달려와 손을 내밀었지만 이미 늦었다.

추이는 엄청난 양의 바위들과 함께 아래로 떨어져 내렸다.

그 밑에는 사납게 흐르는 장강의 본류가 입을 쩍 벌리고 있었다.

콰콰콰콰콰콰……

추이는 물살에 휩쓸려 갔다.

흐린 시야 너머로 무언가가 보인다.

먼저 떨어졌던 묘백정, 오백정, 미백정의 시체가 거대한 소용돌이에 갇혀 빙글빙글 돌고 있었다.

저 본류의 배꼽 속에 갇힌다면 죽어서도 황천을 건널 수 없다.

살점이 불어 터져 백골만 남을 때까지 그저 계속해서, 영원히 이 소용돌이 감옥 속을 떠돌아야 하는 것이다.

'……'

추이는 천만다행으로 바위에 부딪치지 않은 채 물살에만 휩쓸렸다.

손을 뻗어 암초를 붙잡으려 했지만, 마지막에 인백정에게 먹은 칼침이 너무 깊어서 힘이 잘 들어가지 않았다.

손은 미끄러졌고, 추이는 물살의 기세 그대로 암초에 머리를 부딪쳤다.

…퍽!

정신이 혼미해졌으나 여기서 의식을 놓으면 정말 물귀신이 될 것이다.

추이는 발버둥 쳤다.

장강혈사 195

있는 힘을 다해 손을 뻗고 발을 내지른 결과, 그는 소용돌이의 가장 외곽에서 겨우겨우 벗어날 수 있었다.

하지만 그렇다고 해도 겨우 소용돌이를 벗어났을 뿐이다.

거센 물살과 얼음장처럼 찬 수온, 곳곳에 도사리고 있는 단단한 바위와 뾰족한 유목 들은 언제든 물에 빠진 것들을 죽일 준비가 되어 있었다.

모든 힘을 소진한 추이는 그렇게 물살에 떠밀려 갔다.

하찮은 낙엽 쪼가리처럼, 이리 부딪치고 저리 접히며.

'…….'

추이는 생각했다.

인백정에게 입은 검상은 가슴팍에서 옆구리까지를 길게 찢어 놓았고 이로 인한 대량의 출혈은 시시각각 추이의 목을 옥죄어 올 것이다.

한시라도 빨리 이 얼음장 같은 물속에서 나가야 한다.

추이는 주변에 튀어나와 있는 무언가를 잡기 위해 손을 뻗었다.

유목, 암초, 넝쿨, 뭐라도 좋다.

이 죽어 가는 몸뚱이를 수면 위로 끌어올릴 수 있는 것이라면 무엇이든지 잡을 수 있었다.

하지만 물살이 너무 거세서일까?

주변에 뭔가 잡을 만한 것은 전혀 보이지 않고 있었다.

그동안 추이는 암초에 세 번 더 머리를 부딪쳤고 뾰족한 나무 파편에 발바닥과 손바닥을 관통당했다.

'으음. 이건 조금 곤란한데.'

추이는 잠시 눈을 감았다.

이대로 물살이 느려지는 하류까지 간다면 상황이 달라질 수 있겠지만, 그때까지 체온이 버텨 줄지가 미지수였다.

이미 추이의 육신은 싸늘하게 식어 가고 있는 상태.

창귀를 운용한다고 해서 해결될 일이 아니었다.

……바로 그 순간.

풍덩—

옆에서 작은 물소리가 들려왔다.

추이가 뭔가 싶어 고개를 돌리려는 순간.

…콰직!

추이의 목에 무언가가 휘감겼다.

그것은 질긴 닥나무 밧줄이었다.

'컥!?'

별안간 목을 졸라 오는 밧줄 올가미에 추이는 황급히 고개를 들었다.

그러자 목에 걸린 밧줄 올가미를 당기는 손이 보였다.

"뿌그르르르륵!"

입에서 대량의 물거품을 토해 내면서도 계속해서 밧줄을 당기고 있는 사람이 한 명 있었다.

그리고 놀랍게도, 그 사람의 얼굴은 추이도 익히 알고 있는 것이었다.

촤—악!

이윽고. 그는 물속에서 빠져나와 추이를 자갈 가득한 강변으로 건져 놓았다.

그리고 무언가 다른 행동을 취할 겨를도 없이, 곧바로 추이의 입술에 자신의 입술을 포개어 인공호흡을 하기 시작했다.

검화 남궁율.

그녀가 이곳까지 추이를 쫓아온 것이다.

삼령오신(三令五申)

사람의 마음속 깊은 곳, 무의식의 숲속에는 다양한 심상의
나무들이 자라난다.

어둠 속에 자리하고 있는 울창한 숲.

추이는 그곳에서 잊고 있었던 유년시절의 기억을 마주하
고 있었다.

…화르륵!

불타고 있는 제전.

야수 얼굴이 새겨진 가면을 쓴 주술사가 너울거리는 불길
앞에서 춤을 춘다.

붉은 얼굴, 위로 삐죽 솟은 엄니, 구리로 된 머리와 무쇠
로 된 이마, 네 개의 눈, 여섯 개의 팔, 곰의 등, 소의 뿔과

발굽.

기괴한 외형의 전신탈 속에서, 주술사는 몸을 덩실덩실 흔들며 큰 소리로 노래를 불렀다.

千古奇才横空贤

—기이한 재주가 하늘을 덮는 천고의 현자여

可堪并论炎黄间

—염제와 황제 둘이라도 어찌 비하랴

五兵刑法君始点

—다섯 무기와 형과 법이 여기에서부터 시작했으니

九黎生气冲云天

—구리 백성들의 사기는 하늘을 찌르는도다

席卷中原华夏联

—염제와 황제를 누르고 중원을 석권하니

血染江河五千年

—피로 물든 강물이 오천 년을 흐르네

英名不因涿鹿败

—영웅의 이름은 탁록의 패전으로도 가릴 수 없으니

老黑石山百花鲜

—흑석산 온갖 꽃들 여전히 붉네

수많은 사람들이 같은 가면을 쓴 채 주술사의 몸짓을 따라

한다.

어린 시절의 추이 역시도 마찬가지였다.

그때.

숲속에서 화살 한 대가 날아온다.

퍽―

춤을 추던 주술사의 목에 화살이 박혔다.

사람들 사이에 순식간에 혼란이 번져 나간다.

숲속에서 검은 복면을 쓴 사람들이 나타났다.

그들은 하나같이 창과 칼, 화살로 무장하고 있었다.

그 뒤, 학살이 시작되었다.

불길이 곳곳으로 번졌고 복면인들은 그 불빛에 의지해 마을 사람들을 죽였다.

추이는 도망쳤다.

부모와 형제들의 얼굴은 기억도 나지 않았다.

그저 목덜미를 스치고 지나가는 화살을 피해, 무엇이 있을지도 모르는 어두운 숲속을 향해 달리고 또 달릴 뿐이다.

숲 곳곳에서 비명 소리가 들려온다.

또래 어린아이들이 삶의 마지막 순간에 내지르는 단말마였다.

추이는 이를 악물고 뛰었다.

뛰고 뛰고 또 뛰고, 양쪽 폐가 터져 나갈 정도로 뛰었다.

눈앞의 어둠은 영원히 끝나지 않을 것 같았고 화살은 금방이라도 등짝에 꽂힐 것 같았다.

　바로 그때.

　추이는 나무뿌리에 걸려 넘어졌다.

　죽음이 눈앞에 어른거리기 시작했다.

　추이가 황급히 일어나서 다시 달리려 할 때.

　…푹!

　화살 한 대가 추이의 목을 관통했다.

　"……!"

　눈을 뜨니 낯선 천장이다.

　추이는 천천히 몸을 일으켰다.

　어두침침한 석회동굴.

　바닥의 구덩이에는 작은 모닥불 하나가 피워져 있었다.

　밖에서 강물이 흐르는 소리가 들려오는 것을 보니 장강의 본류로부터 그리 멀리 떨어지지 않은 곳 같았다.

　추이는 자신이 낙엽 더미 속에 알몸으로 파묻혀 있다는 것을 깨달았다.

　그리고 자신의 옆에 또 다른 누군가가 누워 있다는 사실 역시도.

　바스락–

이윽고, 낙엽들이 흩어지며 그 속에서 누군가가 고개를 내밀었다.

"일어났군요."

검화 남궁율. 그녀가 복잡미묘한 표정을 지은 채로 추이를 내려다보고 있었다.

추이는 몸을 일으켰다.

낙엽이 우르르 쏟아지자 추이의 상체가 그대로 드러난다.

남궁율은 얼굴을 붉혔다.

"아직 몸이 차요. 체온을 올리려면 조금 더 누워 있어야 해요."

"네가 왜 여기에 있나?"

"오자운 대협 사건 이후로 계속 뒤쫓아 왔어요. 여기서 만난 것은 우연이지만요."

남궁율은 삭정이 몇 개를 모닥불에 던져 넣었다.

그러고 보니 그녀 역시도 거의 반나나 다름없는 상태였다.

자신의 옷차림을 자각한 남궁율이 한번 더 얼굴을 붉혔다.

"체, 체온을 올리려면 어쩔 수가 없어서……."

"……."

체온을 올리기 위해서는 둘 이상의 사람이 몸을 맞대고 있는 것이 효과적.

조난 시의 상식이다.

추이는 말없이 옷을 집어 들었다.

쉬이이익……

내공을 운용하자 옷의 물기가 순식간에 마른다.

추이는 자리에서 일어났고 바싹 마른 피풍의를 몸에 걸쳤다.

"왜 따라왔지?"

"고맙다는 인사 같은 것은 없나요?"

남궁율은 일어나자마자 바로 추궁부터 하는 추이에게 서운함을 느끼는 듯했다.

"저도 목숨 걸고 물에 뛰어들었어요. 당신을 구하려고요."

"구해 달라고 한 적은 없다. 그리고 역으로 올가미에 걸려 죽을 뻔했어."

추이는 목에 난 붉은 자국을 손가락으로 톡톡 두드렸다.

남궁율이 밧줄로 된 올가미를 걸고 끌어당기는 과정에서 난 자국이었다.

남궁율이 다시 한번 얼굴을 붉혔다.

"올가미는 미안하게 됐어요. 급한 대로 던지긴 던졌는데 하필 목에 걸릴 줄은 저도 몰라서……."

"됐다."

"그래도 어쨌든 제 덕에 목숨을 건진 거잖아요? 그냥 뒀으면 익사하거나 동사하거나 둘 중 하나였겠죠."

"……."

추이 역시도 미간을 찡그렸다.

"뭘 원하나?"

"……."

추이의 말에 남궁율은 잠시 입을 닫았다.

이윽고, 그녀는 고심하던 끝에 대답을 내놓았다.

"당신을 만난 뒤, 제 정의관은 송두리째 흔들렸어요."

남궁팽생 건과 오자운 건을 거치며 그녀는 지금껏 살아오면서 받은 모든 충격들을 다 합친 것보다도 더 큰 충격을 받았다.

늘 옳다고 믿어 왔던 본가의 정의가 뒤집어졌고 당연한 듯 따르던 정도의 정의 역시도 부정당했다.

'나는 옳고, 너는 그르다'.

모든 집단은 이런 논리로 존속되기 마련이다.

그 기본적인 명제에 반하는 사례들을 몇 번이나 경험하며, 남궁율은 자신이 몸담고 있었던 조직과 그 정의관에 대하여 극심한 혼란을 느끼고 있었다.

"협객이라고 생각했던 남궁팽생 숙부는 추악한 악인이었고, 무림공적이라고 생각했던 오자운 대협은 의인이었어요."

"……."

"당신이 흑도방과 조가장, 패도회를 응징한 뒤에 붙여 놓았던 방(榜)도 다 읽어 보았고요."

이윽고, 남궁율은 추이의 앞에 고개를 숙였다.

"당신을 따라다니며 더 넓은 세상을 보고 싶어요. 진정코

옳고 그른 것을 구별할 수 있는 안목을 키우기 위해서요."

추이의 미간이 한층 더 구겨졌다.

노골적으로 귀찮아하는 기색.

"안목을 키워서 뭘 하려는 건가."

"더 강해질 수 있겠지요."

"왜 강해져야 하지?"

추이는 적당히 말을 받아 준 뒤 남궁율의 부탁을 잘라 버릴 생각이었다.

하지만, 남궁율은 상당히 의외의 대답을 내놓았다.

"언젠가 마교가 준동했을 때 한 사람 몫을 하려면 강해져야 하니까요."

"……."

남궁율의 대답은 상당히 원론적인 것이었다.

추이는 기억 속의 원마대전(元魔對戰)을 떠올렸다.

마교의 중원 침공, 그로 인해 수없이 죽어 나갔던 사람들.

추이는 지난 삶에서 그 아비규환의 참극을 이미 경험해 보지 않았던가.

남궁율이 말했다.

"조부님께서 말씀하셨어요. 마교의 악적들은 지금도 시시각각 중원 침공의 야욕을 드러내고 있다고. 조만간 피바람이 불 것이라고."

검왕 남궁천은 무림이 돌아가는 시류를 정확하게 짚을 줄 아는 몇 안 되는 사람이었다.

하지만, 그런 그조차도 자세히 알지 못하는 자세한 내막들을 추이는 훤히 꿰고 있었다.

'마교는 중원을 침공할 것이다. 하지만 그 목적은 단순한 지배가 아니지.'

그 말대로다.

마교가 중원으로 침투해 오는 것은 중원무림을 지배하기 위해서만이 아니다.

사실 그보다는 마교의 본진을 뒤흔들어 놓고 도망친 배신자를 체포하여 처단하기 위한 것이 주목적.

그리고 그 배신자란 바로…….

'혈마 홍공. 마교의 힘을 흡수하여 새로운 종교를 창시한 반역자.'

추이는 머릿속에 홍공의 얼굴을 떠올렸다.

한때 마교의 우신장차사(右神將差使)였던 홍공.

그는 현시점에도 마교의 추격을 받고 있는 중이다.

그리고 그를 처단하기 위해 중원으로 파견되는 이가 바로 훗날 좌신장차사(左神將差使)가 될 사망매화 오자운인 것이다.

'홍공은 아마 마교의 자객들을 피해 사도련에 몸을 의탁하고 있을 것이다.'

그 과정에서 장강수로채의 인백정을 자신의 실험체로 사용했을 가능성이 컸다.

사도련 내부에 자신의 세력들을 만들어 놓기 위해서 말이다.

"……."

추이는 머리를 쓸어 넘겼다.

마교를 피해 사도련에 숨어 자신의 야욕을 위한 밑작업들을 하고 있을 홍공.

그를 찾아내 죽이지 못한다면 지난 삶의 비극들이 똑같이 되풀이될 것이다.

앞으로 그가 일으킬 수많은 참극들을 떠올리자 추이의 미간이 더더욱 찡그려졌다.

그때.

"……?"

추이는 옆에서 빤히 느껴지는 남궁율의 시선을 느꼈다.

추이의 옆얼굴을 뚫어져라 바라보고 있던 남궁율은 눈이 마주치자마자 황급히 시선을 내리깐다.

남궁율은 지금껏 추이의 얼굴을 제대로 봤던 적이 별로 없었다.

추이가 항상 피를 뒤집어쓰고 있었거나 얼굴에 재를 묻히고 있었거나 하는 식으로 얼굴을 가렸고, 남궁율 본인도 급박한 순간 늘 목을 잡히거나 바닥에 패대기쳐지거나 했었기 때문이다.

하지만 지금, 남궁율은 추이의 맨얼굴을 아주 가까이서 보고 있었다.

한평생 남자를 가까이해 본 적 없었던 그녀에게는 극도로 이례적인 경험이었다.

"……."

"……."

동굴 속에 잠시 어색한 침묵이 감돌았다.

이윽고, 남궁율이 먼저 입을 열었다.

"이제는 어디로 가시나요?"

"……."

"혹 딱히 목적지를 두지 않으셨다면…… 함께 남궁세가로 가시는 것은 어떨까요?"

추이가 고개를 들자 남궁율은 황급히 손사래를 쳤다.

"당연히, 당신에게 씌워져 있던 누명들은 제가 벗겨 드릴 게요."

"……."

"사도련의 압박도 어느 정도 막아 드릴 수 있어요. 흑도방과 패도회의 일로 사도련주가 격노했다고 들었거든요."

명분을 중시하는 무림맹에 비해 사도련은 실익을 상대적으로 더 중요시한다.

아마 흑도방과 패도회를 멸문시키고 곤귀 구강룡까지 죽인 추이를 그냥 놔두지는 않을 것이다.

더군다나 추이는 장강수로채에서 큰 소란을 일으키지 않

았던가.

남궁율이 말을 이었다.

"이미 사파 전체에 수배령이 내려왔어요. 개인으로서는 버티시기 고단할 것입니다."

"……."

"저와 함께 가셔요. 남궁세가가 뒷배가 되어 드리겠습니다."

정도십오주의 한 기둥인 남궁세가가 비호하는데 어떤 누가 감히 마수를 뻗칠 수 있으랴.

남궁율의 목소리에서는 한껏 자신감이 묻어나고 있었다.

하지만.

"싫다."

추이는 그녀의 제안을 단칼에 거절했다.

호랑이를 잡으려면 호랑이 굴로 들어가야 한다.

홍공을 잡기 위해서 사도련과 격돌하는 것은 필수불가결한 일이었다.

남궁율은 재차 권유했다.

"뭔가 따로 계획이 있으시겠지만, 남궁세가가 지원한다면 원하는 바를 더욱 빨리, 효율적으로 이루실 수 있을 거라고 생각해요."

"……."

"제가 당신의 목숨을 한 번 구해 드렸잖아요. 그러니 속는

셈 치고 한 번 믿어 주세요."

목숨을 구해 줬으니 도움을 받아 달라는 말이다.

다소 황당한 요구였다.

"⋯⋯."

추이는 잠시 고민했다.

남궁율은 저 자신도 이유를 알 수 없는 긴장감에 마른침을
삼키고 있었다.

이윽고, 추이가 나지막한 목소리로 말했다.

"⋯⋯어차피 무림맹에는 한번 들를 생각이긴 했지."

순간 남궁율의 표정이 확 밝아졌다.

그리고 그 직후, 그녀는 스스로도 깜짝 놀랐다.

'뭐야, 나 왜 좋아하지?'

하지만 그녀의 혼란은 이후로도 계속되었다.

추이가 자리를 털고 일어났기 때문이다.

"돌아간다. 마무리를 지어야 해."

"아⋯⋯."

추이가 동굴을 나간다고 하니 갑자기 허전함이 밀려온다.

그녀는 추이를 따라 자리에서 일어나려다 말고 황급히 피
풍의 자락을 잡아당겨 가슴팍이 훤히 드러나 있는 자신의 몸
을 가렸다.

'이상하다, 아까부터 왜 이래 나.'

그녀는 이 동굴을 나간다는 것에 대한 아쉬움과 이로 인한

혼란스러움을 동시에 겪고 있었다.

'이, 이게 그건가? 옆에서 환자를 간호하다 보면 동정이 애정과 연모의 감정으로 변한다는……? 그래, 분명 그런 것일 거야. 일시적인 부작용일 뿐이야. 맞아, 그래야만 해.'

등천학관의 교양 수업에서 배운 이론까지 떠올리며 속마음을 추스르는 남궁율이었다.

추이는 동굴에서 나오는 즉시 장강수로채로 올라갔다.

길을 찾는 것은 쉬웠다.

봉우리 위에서 타오르고 있는 거대한 불길을 따라 올라가기만 하면 되었으니까.

이윽고, 추이와 남궁율은 불타고 있는 산채의 앞에 섰다.

잔불이 이글거리는 잿더미 사이로 한참 동안 들어가자 반쯤 무너져 있는 누각이 보였다.

그곳에는 적향과 견술이 서 있었다.

무너진 회색 벽 앞에서, 적향은 울고 있었고 견술은 복잡미묘한 표정으로 고개를 돌리고 있었다.

벽 너머의 방, 풍겨 오는 악취.

"……."

추이는 입을 다물었다.

무슨 상황인지 곧바로 이해할 수 있었기 때문이다.

무너진 석벽 너머에는 좁은 방 하나가 있었다.

가로 석 장, 세로 석 장, 높이 석 장의 텅 빈 공간.

방의 중앙에는 침대 하나만이 덩그러니 놓여 있었다.

악취는 침대 위에서 풍기고 있는 것이었다.

"……스승님."

적향은 울었다.

붉은 피를 토하며, 손톱이 부러지도록 바닥을 긁으며 통곡했다.

침대 위에 놓여 있는 시체는 거의 해골만 남은 채로 비쩍 말라붙어 있었다.

거정 공제환.

장강수로채라는 거대한 의적 무리를 만들었던 사파의 거두.

그의 최후는 너무나도 비참한 것이었다.

저만치 멀리 떨어져 있던 견술이 고개를 절레절레 저었다.

"인백정 그놈, 스승님이 어지간히도 두려웠던 모양이야. 다 죽어 가는 노인네 숨통 끊는 게 뭐가 어렵다고, 독에, 감금에, 물 한 모금 안 주고……."

살아생전 공제환의 무력과 위명을 생각하면 이해가 아주 안 가는 것도 아니다.

그때, 적향이 무언가를 발견했다.

그것은 침대의 뒤편에 세워져 있던 커다란 도끼 한 쌍이었다.

시커먼 도끼날이 서슬 푸르다.

적향은 손을 뻗어 쌍도끼를 집어 들었다.

그러자 비로소 그곳에 글씨 하나가 보였다.

私道聯主

'사도련주'.

공제환이 생의 마지막 순간 자신의 피로 적어 놓은 글귀.

그것을 본 적향이 이를 뿌득 갈았다.

"그랬군요 스승님. 제 부모의 원수가 바로 사도련주였군요……."

공제환은 죽기 직전 적향의 원수가 누구인지 알려 주었다.

언젠가 이곳을 찾아올 이는 그녀뿐이라는 사실을 알고 있었다는 뜻이기도 했다.

"제가 이곳을 찾아올 실력이 된다면 원수가 누구인지 알 자격이 있다는 것이고, 그렇지 못하다면 복수를 꿈도 꾸지 말라는 뜻이셨겠지요."

적향의 눈에서 불길이 일었다.

그녀는 공제환이 남긴 흑색의 쌍도끼를 소중하게 받아 들었다.

"스승님. 인백정은 죽었고 그를 따르던 사형들도 모두 사라졌습니다. 이제 저는 스승님이 남기신 장강수로채를 접수하려 합니다."

이제 장강수로채는 원래의 취지대로 돌아갈 것이다.

부정한 방법으로 재산을 축적한 이들을 털어서 약하고 가난한 이들을 구휼하는 의적 집단.

그동안의 탐욕스러운 생활로 인해 반발하는 이들이 나오겠지만 상관없다.

적향은 힘으로라도 이 모든 것들을 변화시킬 생각이었으니까.

"비록 당장은 세력이 조금 축소되겠지만, 장차 힘을 길러 장강수로채를 더욱 큰 세력으로 만들겠습니다. 그리고 반드시 사도련에도 복수하겠습니다."

사도련에는 홍공이 숨어 있다.

그 홍공으로 인해 인백정이 타락했고 그 때문에 장강수로채에도 혈사가 벌어졌다.

마음 같아서는 지금이라도 당장 사도련을 탈퇴하고 싶지만, 그것은 아직 시기상조였다.

군자보구(君子報仇) 십년불만(十年不晚)이라.

군자의 복수는 십 년이 걸려도 늦지 않는 법이다.

적향은 홀로 긴 싸움을 준비하려 하고 있었다.

한편, 추이는 그런 적향의 뒷모습을 가만히 바라본다.

'……마침 나도 사도련에 볼일이 있던 참이지.'

홍공이 사도련에 정식 손님 자격으로 머물고 있는지는 알 수 없다.

사도십오주의 한 세력과 결탁하여 음모를 꾸미고 있을 수도 있고, 사도련의 한 인물을 죽이고 그의 신분으로 위장하여 살고 있을 가능성도 있었다.

다만 어찌 되었든 간에, 지금 그가 사도련에 몸담고 있다는 것만은 확실하다.

그것은 추이가 전생의 오자운에게 직접 들었던 정보였다.

'그렇다면 결국 사도련과의 충돌은 필수불가결한 일.'

기이하게도 추이와 적향은 목표가 겹친다.

어쩌면 그녀를 조금 더 오래 보게 될지도 모르겠다고 추이는 생각했다.

＊

한때 공제환의 방에서 인백정의 방으로 변했다가 이제는 적향의 방이 된 공간.

이곳에 들어오자마자 적향과 견술은 관계를 깨끗하게 정리했다.

"채주나 부채주 자격으로 산채에 남아 줬으면 해, 사형."

"싫어."

"알겠어."

적향은 견술에게 남기를 권했고, 견술은 거부했으며, 양자 간에 두 번의 권유는 오가지 않았다.

…탁!

적향은 추이의 앞에 따듯한 차를 한 잔 내려놓았다.

"절벽이 무너졌을 때 바로 구하러 가지 못해서 미안해. 스승님이 살아 계실지도 모른다고 생각해서 마음이 급했어."

춥고, 좁고, 어둡고, 건조한 방에 갇혀 죽어 갔던 공제환.

하지만 적향은 마지막 순간까지 스승을 향한 희망의 끈을 놓지 않았었다.

그것을 알기에 추이는 별다른 반응 없이 고개를 끄덕였다.

"괜찮다."

옆에 있던 견술이 추이의 어깨를 자신의 어깨로 툭 쳤다.

"보니까 뭐, 별로 죽을 정도로 큰 상처도 아닐 것 같더구만."

"이봐요. 가슴이랑 옆구리가 거의 다 갈라져 갖고는 얼음물에 빠졌는데 그게 어떻게 큰 상처가 아니에요? 보통 사람이었으면 죽어도 수백 번은 죽었겠구만."

그러자 반대편에 있던 남궁율이 한심하다는 듯 쏘아붙였다.

견술의 미간이 찡그려졌다.

"그런데 아까부터 뭐니 너는? 갑자기 어디서 나타났어?"

"저는 남궁세가의 남궁율이에요. 등천학관에서는 검화라는 과분한 별호로 불리고 있지요."

"정파 명문가의 규수로군. 근데 둘이 뭔 사이야? 뭔데 서방님 챙기는 것처럼 우리 예쁜이 옆에 그렇게 찰싹 붙어 있지?"

견술은 추이와 남궁율을 번갈아 보며 말했다.

'서방님'이라는 단어를 들은 남궁율의 귀 끝이 일순간 붉어졌다.

그때, 추이가 짧게 대답했다.

"무관계다."

"무, 무관계라뇨!? 우리가 지금껏 함께한 시간이 얼만데……!"

"……?"

남궁율의 반박에 추이가 고개를 돌렸다.

'얼만데?'라고 묻는 듯한 그 표정에 남궁율은 말을 더듬었다.

"그야……."

그녀는 뭔가 말하려다 말고 입술을 오물거렸다.

사실 남궁율이 안휘에서부터 이곳 사천에 이르기까지, 추이를 뒤쫓아 왔던 나날은 상당히 길었다.

실로 길고도 길었던 인고의 여정이었다.

하지만 정작 실제로 둘이 함께했던 시간 자체는 그다지 오래되지 않았다.

즉 부정적이든 긍정적이든 간에, 내적인 친밀감이 잔뜩 쌓여 있는 쪽은 일방적으로 남궁율 혼자뿐이라는 뜻이다.

'그래도 동굴에서의 일이 있는데 어떻게 무관계라고⋯⋯!
그것도 저렇게 딱 잘라서⋯⋯!'

남궁율은 하고 싶은 말이 많았지만 차마 그것들을 입 밖으로 내지 못했다.

그저 그녀 스스로조차도 근원을 알 수 없는 강렬한 서운함에 몸을 파르르 떨 뿐.

그것을 쭉 지켜보던 견술이 그녀의 심기를 살살 긁었다.

"기운 내. 짝사랑은 원래 힘든 거야."

"말을 함부로 하시는군요. 남들의 관계를 제멋대로 단정 짓는 것은 좋은 버릇이 아닙니다. 그리고 저는 지금껏 사랑 같은 것에 관심을 두었던 적이 한 번도 없습니다. 앞으로도 없을 것이고요."

"원래 늦게 배운 도둑이 날 새는 줄 모르는 거지~"

남궁율이 으르렁거리듯 말했지만 견술은 계속해서 실실 쪼갤 뿐이었다.

그때, 적향이 귀찮다는 듯 손사래를 쳤다.

"됐어 그만해. 속 시끄러워."

그녀는 견술에게 핀잔을 주는 동시에 남궁율에게 선을 그었다.

"왜 정파의 인물이 여기에 있는지는 모르겠지만, 장강수로채의 일에 관여하지 않겠다면 굳이 상관 않겠어. 지금은 신경 쓸 일이 많아서 복잡하니까."

말마따나, 적향은 심경이 복잡했다.

거정 공제환의 뒤를 이어 장강수로채를 하나로 통일하려면 많은 작업들이 필요했다.

아마 며칠 밤을 꼬박 새워도 모자랄 것이다.

적향은 추이를 바라보며 말했다.

"아무튼, 다시 한번 고마워. 덕분에 스승님의 원수를 갚을 수 있었어. 창값은 받고도 남을 만큼 받은 셈이지."

"다행이군."

"이제부터 추이, 너는 내 친구인 동시에 장강수로채 전체의 친구야. 네게 무슨 일이 생기면 우리가 만사 제쳐 놓고 너를 도울 거고."

그러자 견술이 다시 한번 이죽거렸다.

"그 말을 지키려면 우선 장강수로채부터 완벽하게 통일해야겠네. 이대로라면 사형들이 이끌던 잔당이 네 통제를 들을 리 없으니까 말이야."

"명분은 충분해. 나는 스승님의 후계자고 채주 계승권을 가지고 있어. 각 채의 백두들이라 해도 내 통제를 거스를 권리는 없을 텐데?"

"명분이야 그렇지. 그런데 수적 패거리들이 그 명분이라는 것을 순순히 따르겠어? 그 무식하고 욕심 많은 바보들을 너무 높이 사는 거 아니야?"

견술의 말에 적향이 인상을 썼다.

사실 이 점이 가장 큰 고민거리였다.

적향은 공제환의 막내 제자이니만큼 채주직 계승의 정통
성을 가지고 있었다.

하지만 수적들의 세계에서는 힘의 논리 역시도 중요하다.

과연 남은 부하들이 순순히 자신의 말에 따라 줄지, 그것
이 관건이었다.

견술이 팔짱을 낀 채 말을 이었다.

"떠나는 마당에 조언 하나 하자면…… 채주 자리에 오르자
마자 칼춤을 한번 추는 것이 좋을 거야."

"칼춤?"

"명분도 좋은데, 공포는 더 좋아. 피를 보여 줘서 본보기
를 세우라는 거지. 그게 새로운 채주의 위엄을 세우는 길 아
니겠어?"

공금을 횡령하거나 사적으로 약탈을 한 범죄자들을 색출
해서 처형하는 것.

그것이 장강수로채가 다시 의적 집단으로 돌아가는 가장
빠른 길이기도 했다.

하지만 적향은 난색을 표할 뿐이었다.

"목에 칼 댈 놈들을 추리라 이거지?"

"그럼. 공포를 이용해서 압제하는 것이 최고야. 무식한 수

적 새끼들한테는 그게 직빵이거든. 그동안 마음에 안 드는 새끼들 명단 추려 놨을 것 아냐? 안 추려 놨으면 지금부터라도 추려. 있는 죄 없는 죄 다 뒤집어씌워서."

"으음, 뒤 구린 놈들 명단이야 있지. 물론 심증만 있어. 물증은 없지. 그리고 그놈들이 꼬불친 재물들을 어디에 숨겨 놓았는지도 모르고."

"뭐, 요원한 일이긴 하지. 그것만 된다면 각 채들을 장악하는 데에 아무런 무리가 없을 텐데 말이야."

견술 역시도 고개를 갸웃한다.

자기가 말을 꺼내기는 했지만 방법까지는 생각해 본 적이 없는 모양이었다.

그때.

"충분히 가능하다. 내가 할 수 있지."

추이가 입을 열었다.

적향과 견술, 그리고 남궁율이 눈을 동그랗게 뜨고 이쪽을 돌아본다.

추이가 먼저 도움을 주겠다고 말하는 것이 낯설었기 때문이다.

하지만 추이는 진지했다.

"자고로, 윗대가리가 바뀌었을 때 부하들의 기선을 제압하기 위해서 숙청을 하는 것은 오래된 불문율."

물론 아무나 숙청할 수는 없다.

죄를 지은 놈들 중에서도 유독 통제가 잘 되지 않는 공신들 위주로 해야 한다.

추이는 탁자를 손가락으로 두드렸다.

"공금횡령 정황이 뚜렷한 놈들 중에서도 은닉 재산의 행방을 알 수 없는 놈들로 몇 놈 추려 봐라."

"그리고?"

"구실을 내가 만들 테니 즉결처분권을 다오."

추이의 말을 들은 적향이 고개를 끄덕였다.

"그쯤이야 얼마든지. 어차피 네게는 명예 천두직을 줄 생각이었어. 근데 그다음에는 뭘 할 생각이야? 어떤 처분을 하려고?"

적향의 질문에 견술과 남궁율 역시도 고개를 끄덕였다.

말은 안 해도 다들 궁금한 모양.

이윽고, 추이가 대답했다.

"이제부터 나는 무림맹으로 갈 생각이다."

"그렇군."

"하지만 아마 쉽게 가기는 힘들겠지. 사도련에서 나를 노리고 자객들을 보내올 테니 말이야."

"그렇지."

모두가 고개를 끄덕였다.

추이는 이미 업보를 많이 쌓았다.

흑도방과 패도회를 몰살했고 수금을 왔던 사도련의 곤귀

까지 죽였으니 말이다.

이윽고, 추이는 태연한 어조로 말을 이었다.

"무림맹으로 갈 때 장강수로채의 죄수들을 고기 방패로 삼을 생각이다."

모든 이들의 표정이 멍하게 바뀐다.

그러는 동안에도 추이는 속으로 앞으로의 계획을 세우고 있었다.

"죄수라는 것들을 어떻게 다뤄야 하는지 보여 줄 테니……."

추이는 자리에서 일어나며 적향을 향해 마지막 말을 남겼다.

"앞으로 잘 보고 배워라."

장강수로채에 새로운 채주가 올라섰다.

해백정 적향.

전 채주 공제환의 열두 제자들 중 가장 말석에 있었던 막내.

하지만 윗 서열의 모든 제자들이 죽어 사라진 지금, 채주의 정통성은 오로지 적향 한 사람에게만 있었다.

"전부 모이라 그래."

적향은 채주 자리에 올랐음을 선포하는 동시에 열두 채의 수적들을 모두 소집했다.

백두급의 수적들이 모두 모여 적향의 앞에 섰다.

그 수는 정확히 백 하고도 여덟 명이었다.

적향은 높은 의자에 앉은 채 말했다.

"오늘 너희들 중 열두 명이 천두 계급으로 올라가게 된다."

백두들 사이에는 복잡한 눈빛이 오간다.

불신, 기대, 호기심, 희망, 울분, 황당함 등등의 시선이 복잡하게 얽히고설킨다.

적향은 목소리에 내공을 섞어 말을 이었다.

"그리고 십두들 중 무력이 출중하고 행실이 올바른 자들은 백두로 올라가게 될 것이다."

그 말에 백두들의 뒤에 도열해 선 십두들의 표정도 달라졌다.

그들의 수는 약 일천에 달했다.

적향은 선포했다.

"장강수로채는 현재 위태로운 상황에 놓여 있다. 채주 자리가 바뀌었고 천두들의 공백 역시 매우 크다. 사도십오주의 자격을 계속 유지하기 위해서는 부지런하게 움직여야 할 것이다."

그 말에 모든 수적들이 고개를 끄덕였다.

큰 집단이 약해지게 되면 비슷한 크기의 집단들이 시비를 걸어오는 것이 인지상정이기 때문이다.

적향의 목소리에 힘이 들어갔다.

그녀는 내공을 섞은 웅장한 목소리로 외쳤다.

"나는 새로운 채주로서 계엄령(戒嚴令)을 선포하겠다. 지금부터 장강수로채는 항상 전시 태세다. 언제 어디서 외부의 적이 싸움을 걸어올지 모르니, 다들 정신 바짝 차리고 항쟁에 대비해라!"

내부의 결속을 다지기 위해서는 외부의 적을 상정한 뒤 경각심을 부추기는 것이 좋다.

아니나 다를까, 껄렁하게 서 있던 몇몇 백두들이 자세를 바로 하기 시작했다.

뒤에 도열해 있던 십두들의 표정 역시도 결연하게 바뀌었다.

적향은 추이가 조언했던 그대로 말을 이어 나갔다.

"다시 한번 말하지만 지금부터는 전시 상황이다. 그리고 전쟁 시 상급자의 명령은 곧 군율과도 같다."

적향은 뒤를 향해 눈짓했다.

그러자 안쪽에서 몇몇의 수적들이 걸어 나왔다.

그들의 품에는 수많은 비단 옷감들이 들려 있었다.

하나같이 하늘하늘한 기녀들의 옷이었다.

"……?"

"……?"

"……?"

적향의 앞에 시립하고 있던 백두들은 자신들의 앞에 각각 놓이는 기녀 옷과 부채를 보고는 고개를 갸웃했다.

이내 모든 백두들이 한 벌의 기녀 옷과 부채 하나씩을 지급받게 되었다.

그때쯤 해서 적향이 외쳤다.

"내가 채주가 되어 너희들에게 내리는 첫 번째 명령이다."

모든 백두들이 고개를 들었다.

새로운 채주가 무슨 명령을 내릴지 궁금해하는 듯한 기색이었다.

이윽고, 적향의 입이 열렸다.

"백두들은 모두 이 기녀복으로 갈아입고 부채춤을 추어라."

순간 좌중의 표정들이 일동 멍하게 바뀌었다.

대회의장의 분위기가 찬물을 끼얹은 듯 냉랭하게 변했다.

하지만 그러거나 말거나, 적향은 계속해서 지시를 내렸다.

"맨 앞의 두 백두는 들어라. 너희들을 지금부터 임시 천두로 임명한다. 조속히 치마와 저고리를 입고 부채춤을 지휘하라. 부채춤의 동작은 삼재검법의 제일 초식으로 대신하겠다."

삼재검법은 기초 검법 중의 기초 검법인지라 그것을 모르는 이는 이 자리에 없다.

……문제는 복장과 도구였다.

기생 복장을 하고 부채를 흔들라니.

텁석부리 근육질 덩치들에게는 난생처음 겪는 일일 수밖에 없는 것이다.

바로 그때.

"허허허—"

맨 앞에 있던 백두, 아니 임시 천두가 헛웃음을 지었다.

그 옆에 있던 천두 역시도 황당하다는 듯 두 손을 들어 허리띠 위에 올렸다.

"우리가 기녀도 아니고. 지금 이게 무슨 명령입니까?"

"내 사타구니 털 난 이래 이따위 황당한 짓거리는 또 처음일세."

짝다리를 짚은 채 허리띠를 잡고 비웃는 천두들.

그 뒤에 있던 다른 백두들 역시도 다들 황당하다는 듯한 반응들이었다.

심지어 그중 몇몇은 대놓고 낄낄 웃기도 했다.

십두들 사이에서도 동요가 있었다.

몇몇은 대놓고 비웃었고, 몇몇은 지겹다는 듯 하품을 했으며, 몇몇은 욕지꺼리를 내뱉었다.

그러자 적향이 고개를 외로 꼬며 눈을 흘겼다.

그녀의 눈빛이 찰나 사납게 변했으나 워낙 빠르게 잠잠해

졌기에 아무도 눈치채지 못했다.

"지금은 전시 상황이라고 했다. 전시 상황에서 채주의 명령은 곧 군령 그 자체. 장강수로채의 군율에는 군령을 어긴 자들을 즉결 처형한다는 규칙이 있다."

"나 참. 그 잘난 군령이 사내대장부에게 계집의 옷을 입힌 채 부채나 팔랑거리게 하는 거요? 이래서 암탉이 울면 나라가 망한다더니……."

천두는 팔짱을 낀 채 꺼드럭댔다.

뒤에 있던 다른 백두들과 휘하의 십두들에게 자신의 용맹을 과시할 목적이기도 했다.

하지만.

상황은 그의 기대와는 조금 다르게 돌아가기 시작했다.

스릉―

적향이 의자 뒤에서 거대한 도끼 두 자루를 꺼내 든 것이다.

"……!"

모든 수적들이 움찔했다.

저 쌍도끼는 거정 공제환이 늘 허리춤에 차고 다니던 것.

한 번 휘둘러 태산을 쪼개 버리던 그 신위를 어찌 잊겠는가.

새삼 적향이 공제환의 진전을 이어받은 제자라는 것이 느껴진다.

그것은 이 자리에 모인 수적들의 뇌리에 다시 한번 또렷하게 각인되었다.

적향은 도끼를 든 자신의 모습을 모든 이들의 눈앞에 똑똑히 아로새겨 주었다.

그리고 스승의 음성이 그랬던 것처럼, 탁하고 나지막한 목소리로 명령했다.

"마지막으로 기회를 주겠다. 기녀 복장을 하고 부채춤을 추어라."

"……."

천두 두 명의 얼굴에 식은땀이 흐르기 시작했다.

단체의 일부였을 때는 함부로 비웃거나 욕하는 것이 쉬웠는데, 막상 멍석이 깔리고 그 위에 개인의 자격으로 서자 모든 위압감이 집중된다.

하지만 그들은 팔짱을 끼고 있던 손을 풀었을 뿐, 여전히 기녀복에는 손을 대지 않고 있었다.

그저 엉거주춤한 자세로 눈치를 볼 뿐이다.

자존심 때문에라도 허리는 굽히기 싫고, 그렇다고 마냥 개기자니 분위기가 점점 이상하게 흘러가고.

하지만 이 상황에서 여장을 하고 부채춤을 추게 된다면 그동안 부하들 앞에서 큰소리쳤던 체면은 어찌할 것인가?

두 천두는 결국 버티기로 했다.

'최대한 버팅기다가 마지막에 못 이기는 척 고개 한번 숙

여 주면 될 일이지.'

'설마 진짜 죽이기라도 하겠어?'

……하지만 때로는 있다.

사람 잡는 설마라는 것이 말이다.

적향은 어깨를 으쓱하고는 도끼를 들었다.

"어쩔 수 없지."

"……?"

"사감은 없다. 이해해라."

"……!"

두 백두가 미처 반응할 시간도 없었다.

…퍼퍽!

검은 바람을 일으키며 날아든 쌍도끼가 각각 두 천두의 몸통을 세로로 양단해 버렸다.

푸파파파파팍! 후두둑- 후두둑- 후두둑- 후두둑- 후두둑-

피보라가 자욱하게 몰아친다.

피와 살점이 사방팔방으로 비산하여 소나기처럼 떨어져 내렸다.

"……!?"

"……!?"

"……!?"

뒤에 서 있던 백두들이 미처 뭐라고 반응을 보이기도 전에, 적향이 말했다.

"군령이 제대로 전달되지 않는 것은 채주의 죄이다. 하지만 졸개들이 제대로 전달된 명령을 따르지 않는 것은 천두의 죄일 것이다."

"……"

"그 뒤의 백두 두 명."

"……!"

"너희들이 지금부터 임시 천두다."

적향은 무미건조한 목소리로 까닥 턱짓했다.

"기녀복을 입고 부채를 들어라. 그리고 밑의 수하들을 지휘해라."

허공으로 흩뿌려졌던 피 안개가 아직 다 가라앉기도 전이다.

어찌 감히 명령을 거역하겠는가.

"존명!"

지목당한 두 백두, 아니 임시 천두들은 황급히 기녀 옷으로 갈아입었다.

텁석부리 수염, 떡 벌어진 가슴팍에 숭숭 난 털, 알통 굵은 허벅지에 비단 옷감이 사락사락 스친다.

두 천두는 어느덧 기생 복장이 되었다.

그들은 황급히 고개를 돌려 뒤에 있는 다른 백두들과 십두들을 향해 눈을 부라렸다.

"뭣들 하나!? 채주님의 명령이시다!"

"빨리 환복해 이 새끼들아! 콱 마!"

그러자 다른 백두들과 십두들 역시도 부리나케 움직였다.

눈앞에서 가장 강한 무력을 가진 백두 둘이 일합에 살해당하는 것을 본 직후인지라 손들이 분주하다.

이윽고, 두 천두를 비롯한 모든 수적들이 기녀 복장을 걸친 채 부채를 들었다.

그때까지도 여전히 무표정을 고수하고 있던 적향이 비로소 두 천두에게 명령을 내렸다.

"일합. 가로베기."

두 천두가 큰 목소리로 복명복창을 하자 휘하의 수많은 수적들이 치맛자락을 펄럭이며 부채를 휘둘렀다.

"이합. 세로베기."

무수한 부채들이 척척 일사불란하게 뻗어 나간다.

"삼합. 정면 찌르기."

적향의 명령은 마지막까지 추상처럼 지켜졌다.

"……."

"……."

"……."

그 세 가지 동작을 펼치는 동안 수적들은 하나같이 묘한 표정들을 짓고 있었다.

그것은 눈앞에서 지휘관이 살해당했다는 것에 대한 공포

도 아니었고, 팔자에 없던 여장을 하고 있다는 것에서 오는 자괴감도 아니었다.

하나의 거대한 조직 안으로 들어왔다는 것에 대한 일체감.

일사불란하게 움직이는 거대한 유기체의 일부가 되었다는 것에 대한 소속감.

인백정 치하에서 점점이 파편화 되어 있었던 오합지졸들이 하나의 거대한 물결을 이루는 질서 속에 편입되는 경험을 해 보았다.

부하들의 표정이 바뀌는 것을 본 적향이 고개를 끄덕였다.

'……역시. 추이의 말이 맞았어.'

수적들을 지배하는 것에 있어서 필요한 것은 공포와 힘뿐만이 아니었다.

소속감과 일체감.

개인이 아닌 집단.

집단과 규율의 논리.

그것이 강물 위를 뿔뿔이 표류하던 수적들을 하나의 세력으로 규합할 수 있었던 원동력인 것이다.

거정 공제환은 이 점을 꿰뚫고 있었고, 그의 제자였던 인백정은 이 점을 간과했다.

…착! …착! …착! …착!

그 뒤로 수적들은 적향의 명령에 절대복종했다.

기생 옷을 입으라면 입었고, 벗으라면 벗었다.

부채를 펼치라면 펼쳤고, 흔들라면 흔들었다.

말마따나, 위에서 까라면 까는 놈들이 된 것이다.

그리고 까라면 까는 자신에게 묘한 자부심이 들고 조직에 충성하는 스스로가 꽤나 멋진 놈이 된 것처럼 느껴져 갈 무렵, 적향은 지시를 끝냈다.

"······."

"······."

"······."

도열해 있는 수적들의 표정과 눈빛은 상당히 바뀌어 있었다.

칼 같은 군기와 뚜렷한 눈빛.

짝다리를 짚고 있던 놈은 차렷 자세로 섰고, 팔짱을 끼고 있던 놈들은 두 주먹을 꽉 말아 쥔 채 허벅지에 붙였다.

모든 이들의 가슴과 허리가 딱 펴졌고 시선은 적향 하나를 향해 고정되어 있는 채였다.

한편.

"······."

추이는 적향의 의자 옆에서 멀찍이 떨어진 곳에 서서 옛날 일을 회상하고 있었다.

'군을 다스릴 때 중요하게 생각해야 할 다섯 가지가 있다.'

한때 군에 몸담고 있었던 시절, 추이를 가르쳤던 지휘관이 했던 말이었다.

'첫째는 명분(一曰道), 둘째는 날씨(二曰天), 셋째는 지형(三曰地), 넷째는 장수(四曰將), 다섯째는 군율(五曰法)이다.'

추이가 있던 전장은 하루에도 몇 번씩 오랑캐들과의 격전이 벌어지던 최전선.

군율이 살벌하리만치 엄격하게 지켜지던 곳이었다.

이런 곳에서 청소년 시절을 보냈던 추이는 어떻게 해야 군기강이 바로 세울 수 있는지 빠삭하게 체득하고 있었다.

기강이 해이해진 수적들을 빠릿하게 만드는 것쯤이야 일도 아닌 것이다.

'……자, 이제는 다음 단계로 넘어갈 때로군.'

아직 진짜 작업은 착수하지도 않았다.

지금부터가 재밌어질 시간이었다.

고기 방패

새도 날아 넘기 힘든 파촉 땅의 겨울은 유난히도 혹독하다.

눈보라 몰아치는 설산.

머나먼 외딴 산봉우리.

그곳의 한 동굴에는 기묘한 광경이 펼쳐져 있었다.

온몸에 붕대를 감은 남자들이 돌을 깎아 만든 침상 위에 누워 있다.

그들은 각각 얼굴에 야차의 얼굴이 그려진 가면을 쓰고 있었는데 색깔은 적색, 청색, 황색 등 다양했다.

그리고 그들 사이에 두 발로 걸어 다니는 여자가 한 명 있었다.

그는 검은색 야차 가면을 쓰고 있었고 몸에는 흰 장포를 걸친 차림이었다.

그녀는 석실에 누워 있는 수많은 붕대 인간들을 바라보며 나지막한 목소리로 읊조렸다.

"과연 비약적인 성과로군. 그 창귀칭이라는 마공…… 아주 얼토당토않은 것은 아닌 모양이야."

그러자 건너편에서 바로 대답이 돌아왔다.

"당연하지요. 아직 산 자를 조종하기에는 미흡하다고는 하나, 죽은 자를 조종하는 것 정도는 간단한 일 아니겠습니까."

목소리의 주인은 노인이었다.

흰 머리에 흰 피부를 가졌고 흰 옷을 입고 있었으며 붉은 것은 눈동자뿐.

그는 자신을 '홍노야'라고 소개했다.

"나락곡의 흑야차께서 비로소 이 홍노(洪老)를 인정해 주시는 것 같으니 새삼 감격스러운 일입니다."

나락곡(奈落谷).

사도십오주에 속할 정도로 강성한 세력을 자랑하는 살수 조직.

하지만 위명세와는 다르게, 이곳은 규모도 위치도 모두 철저히 비밀에 가려진 곳이기도 했다.

오죽했으면 무림비사(武林祕史)를 좋아하는 호사가들 사이에서도 나락곡이라는 것이 실제로 존재하는 것인지에 대한 논쟁이 매번 오갈 정도였으니 말이다.

그리고 홍노야가 마주보고 있는 이 흑야차라는 인물은 이 살수 조직의 우두머리 격인 인물이었다.

흑야차가 고개를 끄덕였다.

"나는 본디 죽은 살수들의 시체에 산의 정기(正氣)를 깃들게 하여 되살릴 생각이었소. 한데 그것만으로는 당최 연구가 진행되지 않아서 늘 답답하던 차였지."

"그때 바로 이 늙은이가 시기적절하게 나타난 게지요."

홍노야는 손가락을 뻗어 석실에 누워 있는 한 시체의 미간에 박아 넣었다.

…덜컥! …덜컥! …덜컥!

붕대에 감긴 시체의 이마가 벌겋게 물들며, 그것은 이내 갓 잡은 생선마냥 격렬하게 펄떡거리기 시작했다.

그것을 본 흑야차는 다시 한번 고개를 끄덕였다.

"과연. 파촉설산의 원기를 끌어모아 불어넣어도 손가락 한두 마디 움직이게 하는 것이 고작이었는데, 그대의 마공을 접목하니 진행 속도가 훨씬 빨라."

"약속은 지킨 셈이겠지요?"

"지키고도 남았지. 그러니 이제는 내가 약속을 지킬 차례로군."

"대화가 빨라서 좋습니다."

홍노가 고개를 숙였다.

흑야차는 고개를 끄덕였다.

"안 그래도 사도련에서 지침이 내려온 참이오. 곤귀 구강룡을 참살한 자를 잡아 죽이라고 말이야."

"맞습니다. 삼칭황천(三稱黃泉). 그자가 바로 제 애제자인 가정맹을 죽인 원흉이기도 합니다."

인백정 가정맹.

그리고 그를 제자라고 칭하고 있는 홍노야.

흑야차는 무심하게 고개를 끄덕였다.

"그대가 원하는 자는 누가 됐든 간에 셋. 이 세상과 하직시킨다. 이것이 우리의 약조."

"맞습니다. 이것이 그중 첫 번째입니다."

"한데 삼칭황천이라…… 그런 뜨내기 고수에게 그 정도의 가치가 있소? 우리 나락곡의 인력을 그런 곳에 사용할 정도로."

"가치가 있지요."

홍노야가 빙긋 웃으며 말을 이었다.

"저는 그 친구에게서 가능성 하나를 보았습니다."

"가능성?"

"그 친구가 제 애제자를 죽이는 장면을 실시간으로 보았으니 말입니다."

"그대는 내내 이 동굴에 있지 않았소?"

"하늘의 별들이 움직이는 것을 보면 대략 짐작할 수 있습니다."

"아하, 별점을 쳤던 게로군."

흑야차는 알겠다는 듯 고개를 끄덕였다.

홍노야는 끌끌 웃으며 수염을 쓰다듬었다.

"하늘의 저 별들은 아주 멀리 떨어져 있지요. 그래서 언뜻 보기에는 당장 바로바로 움직이는 것 같아 보여도…… 기실은 오래전에 움직였던 것을 인간이 뒤늦게 관측하는 것이랍니다."

"그렇소?"

"그렇습니다. 즉, 새로운 살성(殺星)이 갑작스럽게 출현해서 제 제자의 별을 집어삼킨다고 하더라도…… 그것은 갑자기 벌어진 이변이 아니라 이미 수백 년, 수천 년, 아니 수만 년 전부터 예정되어 있었던 운명이라는 뜻이지요."

홍노야의 별점 이야기는 항상 의뭉스럽다.

흑야차는 그것을 알기에 중간에 손사래를 쳤다.

"나는 하늘의 일 같은 것은 모르오. 그냥 정해진 약속이나 이행할 뿐."

"그 정도면 충분합니다."

흑야차와 홍노야의 대화는 이 시점에서 끝났다.

이윽고, 홍노야는 어둠 속으로 사라졌고 흑야차는 붕대를 감고 누워 있던 남자들 몇몇을 일으켜 세웠다.

"삼칭황천의 목을 가져와라."

나락곡.

사도십오주의 한 축.

이 세상에서 가장 신비로운 살문(殺門).

돈만 주면 염라대왕의 목이라도 잘라 온다는 그들이 추이를 잡기 위해 나섰다.

한편.

추이는 무엇인가를 생각하고 있었다.

'……지금쯤 움직이고 있겠지.'

홍공. 그의 무기는 창귀칭이라는 마공 하나뿐만이 아니다.

하늘을 읽고 별의 움직임을 점쳐 천기(天機)를 읽어 내는 그의 능력은 추이조차도 미처 다 배우지 못했던 것이었다.

다만, 별의 움직임은 들여다볼 줄 몰라도 사람의 움직임은 훤히 짚을 수 있었다.

홍공이 별을 본다면, 추이는 별을 보는 홍공을 본다.

'대비는 이미 끝내 두었다. 남은 것은 실행뿐.'

생각을 마친 추이는 고개를 들었다.

현재 추이가 서 있는 곳은 지하 감옥의 한복판이었다.

장강수로채에서 죄인들을 잡아 가두는 동굴 속.

추이는 그곳에 갇혀 있는 죄수들을 쭉 훑어보고 있었다.

"천두님! 여기 좀 봐 주십쇼! 저는 죄가 없습니다요!"

"제발 살려 줍쇼! 살려만 줍쇼!"

"저는 진짜 무고하다구요!"

철창 속에 갇혀서 무거운 칼을 쓰고 있는 죄수들.

그들은 하나같이들 다 자신의 억울함을 성토하며 울부짖는다.

하지만 이들 중 죄가 없는 자는 단 한 명도 없었다.

그들은 적향이 직접 하나하나 골라서 잡아넣은 죄수들이기 때문이다.

일단 감옥에 가둔 명분은 '부채춤을 추었을 때 안무를 틀렸다'라는 아주 사소한 것이었다.

적향은 부채춤을 추는 수적들 사이를 가로지르며 안무를 틀린 이들을 색출해 냈는데, 사실 그것은 핑계에 불과했다.

'장강수로채가 의적 집단으로 돌아가려면 그동안 쌓였던 업보를 청산해야 해.'

적향의 심지는 곧았다.

그녀는 지금껏 힘없는 양민들을 약탈했거나, 혹은 공금을 횡령하여 제 배를 불렸던 이들을 모두 색출해 냈다.

다만 그 핑계를 '부채춤 당시 명령불복종'이라는 것으로 삼았다는 것은 모든 이들이 알면서도 묵인하고 있는 사실이었다.

뜻 있는 자들은 적향의 처사를 못 본 척했고, 죄 있는 자들은 언제 자기 차례가 올지 몰라 벌벌 떨며 지었던 악행들을 자수하고 선처를 구했다.

그러니까, 이곳 지하 감옥에 남아 있는 백팔 명의 죄인들은 마지막까지 자수를 하지 않은 독종들이라는 뜻이다.

그리고 그런 악바리들을 바라보는 추이의 시선은.

"……."

지금껏 전례가 없었을 만큼 다정하고 따듯한 것이었다.

그러니까 추이의 뒤에 서 있는 적향, 견술, 남궁율 등이 묘한 표정으로 바라보고 있는 것도 이해가 되는 일이다.

'저 녀석이 원래 저런 표정도 지었던가?'

'우리 예쁜이, 오늘따라 더 살벌하게 예쁘네.'

'우와— 뭔가 무시무시한 계획을 세우고 있는 표정이다.'

그들의 말마따나, 철창 너머에 있는 죄수들 중 감이 좋은 이들은 추이의 눈빛이 닿을 때마다 오싹오싹 몸을 떨고 있었다.

이윽고, 추이는 순시 끝에 감옥의 마지막 구역까지 도달했다.

그곳은 정말 악질 중의 악질 죄수들만이 갇혀 있는 곳이었다.

적향이 작은 목소리로 귀띔했다.

"여기 갇힌 놈들은 절대 죄를 인정하지 않는 독종들이야. 횡령한 재물도 어디에 숨겼는지 도무지 알 길이 없어. 어떤 자백도 안 하고 그냥 무조건 모르쇠로만 일관하는 악바리들이지. 뭐, 차차 고문을 가할 생각이긴 한데…… 큰 기대는 하지 않고 있어."

그러자 추이의 눈빛이 더욱 다정하게 변했다.

"……."

"……."

"……."

죄수들은 비좁은 감옥에 **빽빽**하게 들어차 있었다.

그들은 추이의 시선에도 기죽지 않고 오히려 독기 어린 눈을 뜬다.

추이는 제일 앞에서 눈을 부릅뜨고 있는 죄수를 향해 말했다.

"눈을 깔아라."

"……."

죄수는 말을 듣지 않는다.

오히려 기선제압을 하겠다는 듯 눈을 더욱 부릅떠서 이쪽을 쏘아볼 뿐이다.

그때, 추이의 손가락이 움직였다.

…퍼억!

손가락 튕기기. 일명 '딱밤'이라고 불리는 것이 죄수의 눈알에 작렬했다.

"끄아아아아아아악!?"

죄수가 터져 나간 눈알을 손으로 받치며 비명을 질렀다.

이윽고, 추이의 말이 조금 더 짧아졌다.

"눈 깔아."

"뭔 개 짓이야 이 미친……!"

그러자 추이가 다시 한번 손을 올렸다.

…퍼억!

죄수의 반대쪽 눈알이 연이어 터져 나갔다.

"끄어어어어어어!"

두 눈을 잃어버린 죄수는 자리가 좁아서 주저앉지도 못한 채 피눈물을 흘린다.

하지만 추이의 표정은 여전히 무표정했다.

마치 날벌레 하나를 잡아 죽인 것 같은 태연함이었다.

"……."

"……."

"……."

비로소 감옥 안 죄수들의 표정에 변화가 일어났다.

추이를 죽일 듯 노려보던 시선들이 일제히 바닥을 향한다.

딱히 자백을 하라고 요구한 것도 아니고, 단순히 눈을 깔라는 요구에 반항하다가 두 눈알이 터져 나가는 것은 수지타산이 너무 안 맞지 않은가.

하지만 이런 작은 굴복 하나하나가 모여서 곧 큰 굴복으로 이어진다는 것을 죄수들은 모르고 있었다.

군 복무를 오래했던 추이는 잘 알고 있었고 말이다.

"방을 붙일 것이다."

방의 내용은 흑도방과 조가장, 패도회에서 붙였던 내용과 거의 동일하다.

一. 장강의 수적패 일부가 힘없는 양민들을 수탈하여 재물을 착복했다.

二. 그로 인해 피해를 본 사람들을 대신해 벌을 내린다.

여기의 죄수들이 감옥에 갇히게 된 이유들이기도 했다.

추이는 방을 들고 서서 죄수들에게 말했다.

"너희들은 지금부터 피해를 입힌 이들과 그들의 가족들에게 배상을 하여야 한다. 또한 집단의 명예를 실추시킨 대가 역시도 치러야 하고."

그러자 죄수들 중 하나가 눈치를 보며 말했다.

"그, 그 배상이라는 것을 저희들이 어찌합니까요? 저희는 정말 모아 둔 재물이 없습니다만……."

다들 고개를 끄덕인다.

설사 죽더라도 재물을 숨겨 놓은 곳의 위치를 말하지 않을 생각인 것 같았다.

하지만 추이는 그다지 개의치 않는 기색이었다.

"걱정 마라. 방법은 내가 찾는다."

들기에 따라 오싹하게 들리기도 하는 말이다.

추이는 그 말을 끝으로 돌아섰다.

그리고 호기심 가득한 표정으로 서 있는 적향에게 말했다.

"이놈들에게 나흘간 아무것도 주지 마라. 밥도, 물도, 빛도. 그다음에 출발할 것이다."

"어디로?"

적향 옆에 있던 견술이 물었다.

남궁율 역시도 궁금하다는 듯한 기색이었다.

이윽고, 추이의 입이 열렸다.

"나락(奈落)."

죄수들은 그 말을 듣는 순간 오싹 끼쳐 오는 소름에 몸을 떨었다.

한 귀에 듣기에도 별로 좋은 곳 같지가 않기 때문이다.

남궁율은 추이의 옆얼굴을 가만히 바라보고 있었다.

"……."

지하의 어둠 속, 촛불이 비추고 있는 추이의 얼굴은 봐도 봐도 질리지 않는 것이었다.

'어떻게 남자가 이렇게 예쁘게 생길 수 있지?'

등천학관에 재학 중일 때, 그녀는 수많은 남자들에게 구애를 받았었다.

그중에는 지역에서 이름난 미공자들도 많았고 별호에 대놓고 옥룡(玉龍), 옥면(玉面) 등등의 단어가 들어가 있던 이들도 부지기수였다.

하지만 단언컨대, 남궁율은 추이만큼이나 빼어난 외모를 가진 남자를 본 적이 없었다.

그동안 흙투성이, 재투성이, 피투성이인 모습만 봐 왔던지라 지금의 이 수려한 얼굴은 새삼 낯설고도 충격적이다.

그냥 얼굴을 물로만 씻었는데도 이 정도면, 도회지의 화화공자(花花公子)들처럼 얼굴에 분을 바르고 입술을 칠했을 때 그 미모가 어떨지 감히 상상조차 안 된다.

'나는 내가 남자의 얼굴에 아무런 관심이 없는 줄 알았는데…… 아니었구나.'

관심이 없었던 게 아니라 눈이 높았던 것이었다.

몰랐던 자신의 내면을 알게 되는 것만큼 생경하고도 뿌듯한 경험은 없다.

남궁율은 그렇게 생각하고 있었다.

……그러나. 남궁율이 놀란 점은 비단 추이의 외모만이 아니었다.

아니, 오히려 외모는 논할 거리조차 못 되고 있었다.

추이는 여리여리한 미소년의 외모와는 전혀 다른 행보를 보여 주고 있었기 때문이다.

남궁세가에서 남궁팽생을 살해하던 당시의 거칠고 야성적인 모습, 비무극을 죽인 사망매화 오자운을 떠나보내던 비장한 의협의 모습, 그리고 지금 이곳에서 죄수들을 가차 없이 다루는 위압적인 모습.

이 모든 것들은 추이의 뛰어난 외모를 한낱 부가적인 매력 정도로 치부하게 만들어 버린다.

즉. 남궁율은 추이의 겉보다는 속 쪽에 훨씬 더 강한 호기심을 느끼고 있다는 말이다.

'……'

그녀는 촛불에 비친 추이의 옆얼굴을 바라보며 괜스레 목을 한번 쓸어 보았다.

처음 대면했을 때 자신의 목을 조르던 그 피 묻은 손아귀, 그때 느껴졌던 우악스러운 손길과 따뜻한 체온, 그리고 비릿한 피 냄새.

이 모든 것들을 떠올린 남궁율의 귀 끝이 또다시 새빨갛게 물든다.

그때. 추이의 목소리가 동혈 속에 울려 퍼졌다.

"방을 붙일 것이다."

추이가 직접 쓴 방이 펼쳐졌다.

─. 장강의 수적패 일부가 힘없는 양민들에게 재물을 수탈하고 착복했다.

二. 그로 인해 피해를 본 사람들을 대신해 벌을 내린다.

그것을 본 남궁율의 가슴이 또다시 두근거리기 시작했다.

흑도방, 조가장, 남궁세가, 패도회 때와는 다르다.

그녀는 장강수로채에 이 방이 붙기까지의 과정을 제 눈으로 직접 보았다.

이야기 속에서만 들었던 대협(大俠)의 행보.

그 과정을 직접 현장에서 직관하고 있다는 사실에 너무나도 가슴이 벅차다.

등천학관의 책상 앞에 앉아서 수업을 들을 때에는 절대로 느껴 볼 수 없었던 생경하면서도 신비로운 경험이었다.

…탁!

추이는 탁자 위에 한 장의 지도를 내려놓았다.

그것은 파촉(巴蜀)의 험준한 산세를 낱낱이 그려 놓은 지도였다.

옆에 있던 남궁율이 물었다.

"독도법(讀圖法)을 아시는군요. 등천학관의 교관님들보다도 잘하시는 것 같은데……."

"군에 있었을 때 배웠다."

정확히는 말단 병사 시절부터 살기 위해 익혔던 기술을 극한까지 갈고 닦은 것이다.

하지만 그 사실을 알 리 없는 남궁율은 깜짝 놀라야 했다.

'이 사람은 대체 뭘 하던 사람일까?'

나이는 약관도 채 되어 보이지 않지만 익히고 있는 재주가 너무나도 많다.

'……혹시 반로환동한 노고수 아니야?'

그러니 남궁율로서는 이런 실없는 생각도 한번 해 보는 것이다.

그때, 옆에서 딴죽이 들어왔다.

"홀딱 반했구만."

견술이 싱글싱글 웃는 얼굴로 남궁율을 바라보고 있었다.

남궁율이 미간을 찡그렸다.

"뭐라고요?"

"얼굴 시뻘겋게 달아오른 것이 아주 천박하기 그지없다고 했어. 아, 남자 무지하게 밝힐 것 같다고도 했고."

"아까는 그렇게 안 말했잖아요!"

"잘 들었었네. 근데 뭘 또 물어봤어?"

남궁율의 힐난에 견술은 히죽이죽 웃으며 고개를 돌렸다.

"포기해. 쟤는 이미 내가 찍었어."

"찌, 찍어요? 뭘요?"

한쪽 눈을 찡긋해 보이는 견술을 보고 남궁율은 황당하다는 듯 말을 이었다.

"당신은 남자잖아요?"

"그게 무슨 상관이야. 그렇게 따지면 너는 여자라서 쟤를 남자로 보고 옆에 붙어 있는 거야?"

"그, 그런 것은 아니지만……."

남궁율의 말문이 막힌다.

견술은 미간을 찡그린 채 눈을 감았다.

그러고는 허공에 대고 두 손을 휘적거리며 말을 이었다.

"나의 호감은 고결한 거야. 너와 달리 말이야. 좀 더 뭐랄까…… 육체적인 것을 초월한…… 형이상학적이고 또 정신적인?"

"나도 육체적인 거 아니거든!?"

남궁율의 차분한 표정이 완전히 깨졌다.

만약 등천학관의 누군가가 지금 그녀의 이런 모습을 봤다면 크게 놀랄 것임에 틀림없었다.

남자를 늘 냉담하고 무덤덤하게 대한다는 뜻에서 '혹한화 (酷寒花)'라는 별호로도 불리는 그녀이기 때문이다.

하지만 견술에게 있어서는 그냥 도도한 척 구는 풋내기 강호초출일 뿐이었다.

놀려 먹기 딱 좋은.

그때.

"시끄럽다."

지도를 읽고 있던 추이가 한마디 했다.

남궁율은 입을 꾹 다문 채 견술을 노려봤고 견술은 빙글빙글 웃는 낯으로 딴청을 피웠다.

한편.

"……."

추이는 회귀 전의 기억들을 뒤져서 앞으로의 계획을 보강하고 있었다.

'사도련에 숨어 있는 홍공을 잡기 위해서는 역시 무림맹을 이용하는 편이 좋다.'

병법 삼십육계의 공전 십삼 계, 타초경사(打草驚蛇).

뱀을 놀라게 하기 위해서는 뱀이 아니라 풀을 치는 것이 효과적인 법이다.

사도련을 자극해서 그 안에 있는 홍공의 반응을 이끌어 내려면 사도련을 직접 치는 것보다는 무림맹을 움직이는 편이 훨씬 더 효율적이었다.

'무림맹에 줄을 대는 법은 많지만, 가장 쉬운 길은 아무래도…….'

추이의 시선이 남궁율을 향했다.

회귀 전의 지식까지 이용할 필요 없이, 그냥 여기에 있는 남궁율을 이용한다면 곧바로 등천학관에 줄을 댈 수 있다.

무림맹의 직속 산하기관인 등천학관이라면 무림맹과 연줄을 만들기에도 충분한 일이다.

'일단은 관망이다.'

자월특작조의 무인들을 주렁주렁 달고 있었다면 진작에 내쫓았겠지만, 지금은 달랑 남궁율 한 명뿐이니 손도 훨씬 덜 갈 것이 아닌가.

그래서 추이는 그녀를 굳이 쫓아내지 않기로 했다.

그때. 적향이 말했다.

"무림맹으로 간다고 그랬지?"

"그렇다."

추이가 고개를 끄덕이자 그녀는 우려를 표했다.

"장강의 범위가 닿는 곳에서는 우리가 호위할 수 있지만 그 범위를 넘어가면 일이 어려워질 거야."

"호위는 필요 없다. 이대로 바로 동진(東晉)할 거니까."

"산맥을 넘어 최단 거리로 가겠다 이거군. 하지만 그곳까 지 가려면 사도련의 영역을 지나가야 해."

당연히 사도련에서 보낸 자객들이 올 것이다.

적향은 이 점을 걱정하고 있었다.

일전에 오자운이 그랬듯, 추이 역시도 목적지까지 가기 위 해서 끊임없는 도전과 습격을 뚫고 나가야만 하는 처지가 되 었다.

그리고 바로 이 점에서 장강수로채의 적향과 추이의 이해 관계가 일치하는 것이다.

견술이 추이에게 물었다.

"근데 예쁜아. 해 사매…… 아니 이제 채주지 참. 채주에게 넘겨받은 죄수들로 뭘 할 생각이야?"

"말했잖나. 고기방패로 삼을 것이라고."

"우리로 변장시킨 뒤에 사방팔방으로 풀어놓으려는 건가? 나쁘지 않은 방법이기는 한데……."

"그랬다가는 횡령 자금을 되찾을 수가 없겠지."

"그러니까 내 말이. 죄수들을 갖다가 뭘 어쩌겠다고? 횡령 자금도 회수하면서 고기 방패로도 쓰는 게 어떻게 가능해? 애초에 그놈들을 다 데리고서 자객들을 피해 다닐 수 있겠어?"

견술의 의문은 합리적이었다.

적향과 남궁율 역시도 이 점이 못내 궁금한지 추이를 빤히 쳐다보고 있었다.

이윽고, 추이의 입이 열렸다.

"전제가 잘못되었군."

"……?"

"자객은 피하는 것이 아니라 때려잡아야 하는 것이다."

"……!"

견술, 적향, 남궁율의 눈이 휘둥그레진다.

추이는 말을 이었다.

"나는 죄수 부대를 이끌고 자객들의 본진을 칠 것이다."

그러기 위해 지금껏 지도를 들여다보지 않았던가.

나락곡의 지부가 위치해 있는 파촉설산(巴蜀雪山)의 지도를 말이다.

　　　　　　　　　✲

죄수들은 지하 감옥에 갇힌 채 사흘 동안 물 한 모금도 마시지 못했다.

"나락으로 보낸다니…… 우리들은 대체 어디로 가게 되는 걸까?"

"여기가 나락이지 달리 어디겠냐. 옘병, 물 한 모금만 마실 수 있으면 바로 극락이 될 텐데."

"지금보다 상황이 더 나빠질 리가 있나. 내가 보기에는 여기가 바닥이다."

그들은 무쇠로 된 수갑과 족쇄를 차고 목에는 커다란 칼을 쓰고 있었다.

단전이 부서져서 내공마저 잃어버렸기에 그들은 정말 일반인이나 다름없는 신세였다.

"참고 버티기만 하면 돼. 설마 우리를 죽이진 못하겠지."

"당연하지. 내가 꼬불쳐 놓은 돈이 얼만데."

"계속 버티다가 적당히 토해 내고, 그 대가로 면죄부 받으면 되는 거야."

그때까지만 해도 죄수들은 꽤나 순진한 생각을 하고 있

었다.

······하지만.

"근데 왜 이렇게 안 와?"

"어이! 밖에 아무도 없어!?"

"사흘간 가둔다며! 사흘은 이미 지났잖아!"

죄수들을 가두기로 했던 사흘이라는 기간이 지났음에도 불구하고 이곳 지하 감옥에는 아무도 찾아오지 않았다.

사흘은 나흘이 되었고, 나흘은 닷새가 되고, 닷새는 엿새가 되고, 엿새는 이레가 되었다.

처음에는 악기와 독기로 버티던 죄수들은 점차 비쩍 말라 갔다.

애초에 사흘을 생각하며 다잡고 있던 오기인지라 이레가 지났을 무렵부터는 꺾이는 것도 순식간이었다.

그리고 죄수들이 지하 감옥에 갇힌 지 아흐레가 되었을 때.

···끼기긱!

지하 감옥의 문이 열리며 간수가 들어왔다.

방금 전까지 죽어가던 죄수들이 마지막 힘을 쥐어짜 소리 질렀다.

"사흘만 가둔다며 이 개새끼야!"

"제발 풀어 줘! 꼬불친 돈 다 내놓을게!"

"나는 진짜 억울해! 돈이 없어! 없어서 못 주는 거라고!"

분노를 토해 놓는 이, 협상을 시도하는 이, 아직도 억울함을 호소하는 이, 다양한 종류의 반응들이 나온다.

하지만 간수의 반응은 하나뿐이었다.

"천두님께서 너희들을 보자고 하신다."

천두(千頭)의 호출.

하지만 지금 죄수들이 알기로 장강수로채의 천두는 공석이다.

죄수들이 물었다.

"우릴 부른다는 천두가 누군데?"

"추이 님이시다."

간수의 대답을 들은 죄수들의 얼굴이 흙빛으로 물들었다.

장강수로채의 천두는 전시 상황에서 부하들에 대한 즉결 처분권을 가진다.

심지어.

"이제부터는 심층 면담이 시작될 시간이니까 한 줄로 서라. 지금부터 추이 님께 간다."

"추이…… 님이 어디 계시는데?"

이어지는 간수의 대답에 죄수들의 얼굴색은 아예 검게 죽어 가기 시작했다.

"도살장에서 기다리고 계신다."

장강수로채의 지하 감옥에 한 죄수가 있었다.

그의 이름은 서림(徐林).

원래 자채의 십두 계급에 있던 수적이었다.

그는 따로 무공을 익히지는 않았다.

그럼에도 불구하고 서림이 열 명을 거느리는 십두 계급에 있을 수 있었던 것은 글을 읽고 쓸 줄 알며 언변과 각종 행정 업무에 능하기 때문이었다.

오죽했으면 세 치 혀가 일품이라며 붙여진 '세치'라는 호가 이름보다 더 많이 불렸겠는가.

서세치. 심지어 그는 죄수 명단에도 이런 이름으로 적혀 있었다.

'……나를 함부로 죽일 수는 없을 것이다.'

그는 속으로 확신하고 있었다.

그동안 행정 업무를 보며, 서세치는 수많은 돈들을 스리슬쩍 빼돌려 자신만 아는 비밀 공간들에 분산해서 감춰 두었다.

또한, 서세치는 수감되는 과정에서 자신을 심문하는 이들에게 은근슬쩍 횡령 금액의 크기를 말해 주었던 적이 있다.

'내가 죽으면 그것들은 모두 날아가 버리는 것이지. 그러니까 그 돈들이 어디에 묻혀 있는지 알아낼 때까지는 나를 죽이지 못한다. 그러니 적당한 시기가 오면 못 이기는 척, 숨

겨 둔 금액의 절반 정도를 타협안으로 제시해야지.'

애초에 심문에서 밝힌 횡령 금액은 절반 정도밖에 안 되는 액수였다.

그것의 절반을 제시하여 자유가 된다면 실제 횡령금 총액의 칠 할 정도는 건질 수 있게 되는 것이다.

'그래 봤자 멍청한 수적 놈들 아닌가. 제까짓 까막눈 놈들이 분식회계라는 것을 어찌 알겠어. 내가 장부에 칠해 놓은 분만 해도 여인네 백 명을 화장시킬 수 있을 것이다.'

또한 서세치는 뒷배를 믿고 있기도 했다.

그동안 관아에 꾸준히 바쳐 온 뇌물들이 있으니 곧 반응이 올 것이다.

'부윤은 물론이요 그 밑의 제할들에게까지도 솔찬히 약을 쳐 놨으니…… 나를 죽였다가는 정말로 후환이 클 것이야.'

서세치는 그렇게 생각했다.

그래서 비좁은 감옥에 갇혀 수갑과 족쇄를 차고 있는 동안에도 태연하게 있을 수 있었다.

……한 사흘 정도까지는 분명 그랬다.

'근데 왜 아무도 안 와?'

뱃가죽이 등가죽에 가 붙을 것 같다.

목은 까끌까끌한 모래를 몇 줌 삼킨 듯, 마르다 못해 쓰라리기까지 했다.

하지만 서세치는 이를 악물고 버텨 냈다.

약속했던 사흘이 지나면 간수가 와서 협상을 시도할 것이라고.

'그래. 오냐. 버틴다. 사흘 딱 버텨 본다. 내가 내놓나 봐라 어디.'

서세치는 오기와 독기를 섞어 품었다.

그리고 간수가 와서 협상을 하려 들면 도도하게 튕기겠다는 각오를 다졌다.

하지만. 나흘이 지나고 닷새가 지나자 서세치의 마음은 바로 뒤바뀌었다.

'나, 나를 까먹은 거 아니야?'

수적들은 무식하다.

그래서 어쩌면 죄인을 심문해야 한다는 사실조차도 까먹었을 수도 있다.

'그러고 보니 채주가 바뀌었지. 그러면 처리해야 할 일도 무척 많을 거고…… 그 과정에서 범죄자를 심문하는 걸 잊어먹었을 수도 있잖아?'

생각이 많아지자 겁이 덜컥 난다.

혹시 채주가 뒤늦게 깨달았을 때, 자신들은 이미 굶어 죽고 없을 수도 있겠다는 생각이 들었다.

그날부터 서세치는 부지런히 창살을 흔들며 소리쳤다.

아무나 좋으니까 제발 좀 오라고.

하지만 시간이 지나 엿새, 이레가 지나도 반응은 없었다.

서세치를 비롯한 죄수들은 공포에 잡아먹힌 지 오래였다.

"이봐! 우리 여기에 있어! 까먹은 거야!? 내, 내가 해 먹은 돈이 얼만데 그걸 까먹어! 횡령금 환수 안 해!? 어!? 돈 필요 없냐고 너네!"

하지만 여전히 반응은 없었다.

목마르고 배고프고 어두워서 시간 감각도 없다.

갇힌 지 이레가 아니라 몇 년은 지난 것 같은 느낌이었다.

그렇게 시간이 흘러 아흐레가 되었을 때.

서세치는 간수의 뒤를 따라 바깥으로 나올 수 있었다.

"웃—"

강렬한 햇빛이 눈알을 태우는 것 같다.

서세치를 비롯한 죄수들은 일렬로 묶인 채 눈 내린 산길을 올라가야 했다.

그리고 그곳에는 낡은 목재 건물 하나가 보였다.

〈도살장(屠殺場)〉

축사와 붙어 있는 초막에서는 피비린내가 진동을 했다.

서세치를 비롯한 죄수들의 표정이 불안으로 물들었다.

장소에서부터 불길함이 느껴진다.

죄인 심문을 왜 이런 곳에서 한다는 말인가?

하지만 뒤에 있는 간수들은 아랑곳하지 않은 채 창끝으로 등을 쿡쿡 찔렀다.

"일렬로 서서 들어가라."

간수들의 무미건조한 말에 서세치는 몸을 한번 파르르 떨었다.

그때.

"엇!?"

서세치는 반가운 얼굴 하나를 발견했다.

죄수들을 호송하던 간수들 중 하나.

그는 축채에 있던 십두들 중 하나로 한때 서세치와 의형제를 맺은 적도 있던 방대랑(方大郎)이었다.

"이, 이보게 방일이! 여기야! 나 여기 있어! 서림일세!"

"……?"

방대랑은 눈을 동그랗게 떴다.

이윽고, 그의 두 눈망울이 반가움과 놀람으로 촉촉해졌다.

"세치 형!"

"방일이!"

두 친구는 선 자리에서 반가움의 해후를 나누었다.

서세치는 곧바로 아양을 떨었다.

"이보게 방일이. 자네는 늘 매사에 올곧고 청렴결백하더니만 역시 숙청에서 살아남았군. 역시 인생은 자네처럼 살아야 해. 이 못난 형은 잔돈푼에 눈이 멀어 이 모양 이 꼴일세. 아우 보기에 면목이 없으이."

"아이고, 형님. 이게 무슨 일입니까. 아휴, 참⋯⋯."

방대랑은 서세치를 보며 안절부절못한다.

뭔가 도와주고는 싶지만 죄인과 간수의 처지인지라 할 수 있는 것이 없었다.

서세치는 방대랑의 그런 기미를 놓치지 않고 말을 이었다.

"방 아우, 내 솔직히 말함세."

"예 형님. 말씀하십시오."

"자네도 처지가 참 난감하겠지. 잘 알고 있네. 나를 도와주고는 싶지만 도와줄 수 있는 게 없다는 것을. 신분의 차이가 이렇게 나 버렸는데 어쩔 수 있겠는가. 나도 이해하네. 다 이해해."

"⋯⋯."

서세치의 말에 방대랑은 눈을 질끈 감음으로써 참담한 심경을 드러냈다.

그런 방대랑의 표정을 보고 서세치는 재빨리 말을 이었다.

"그래도 방 아우. 자네가 명색이 간수인데, 잘 생각해 보면 뭔가 나를 도와줄 만한 것이 있지 않겠는가? 아주 작은 것이라도 말일세."

"⋯⋯."

"응? 방 아우. 제발 부탁이네. 풍전등화와도 같은 이 형의 상황을 가엾게 여겨 은혜를 베풀어 주시게. 제발. 응? 자네 잊었는가? 제수씨가 셋째 가졌을 때 말이야. 그때 자네가 술에 취해 퍼질러 자는 동안 내가 빗속을 뚫고 가서 돼지 내장 삶은 걸 사 왔잖은가. 그 때문에 응? 제수씨가 다른 사람은 몰라도 나랑 술 한잔하느라 외박한다고 하면 암말 안 하고 내보내 준다면서. 으응?"

서세치가 옛정에 대고 호소하자 방대랑의 표정이 점점 어두워졌다.

지켜보고 있던 죄수들도 흥미진진하게 돌아가는 이 상황에 귀를 쫑긋 세우고 있었다.

혹시나 서세치의 옆에 붙어 있다가 콩고물이라도 좀 떨어지지 않을까 기대하면서.

이윽고, 서세치가 쐐기를 박았다.

"많은 걸 도와줄 필요는 없어. 혹시 무슨 정보라도 있으면 좀 알려 주시게. 응? 우리를 왜 도살장으로 부르는지, 면담이라는 게 어떤 식으로 진행되는 건지, 앞으로 무슨 일이 일어나게 될지, 그런 것만이라도 좀 알려 주면 내 알아서 자구책을 마련해 봄세. 으응? 그 정도는 자네에게도 크게 부담스러운 것은 아니잖은가."

앞으로 무슨 일이 벌어지게 되는지, 대충이라도 알아놓으면 정신을 다잡는 데에 큰 도움이 된다.

미리 예상 답변을 준비해 놓을 수도 있을 것이고 말이다.

한편.

"……."

서세치의 부탁을 받은 방대랑은 여전히 두 눈을 질끈 감고
있었다.

이윽고, 그는 무거운 목소리로 입을 열었다.

"예. 도와드리겠습니다 형님."

"오오!"

서세치의 두 눈이 반짝였다.

방대랑은 심지가 곧고 청렴결백한 인물이기에 결코 허언
을 하지 않는다.

그가 하는 말이라면 충분히 신뢰할 만하리라.

이윽고, 방대랑이 손을 움직였다.

스르릉……

긴 환도가 칼집에서 뽑혀 나온다.

"?"

서세치가 의아한 표정을 지었다.

"방일이 자네…… 웬 칼인가?"

사실 서세치는 조금 기대했다.

방대랑이 칼로 자신의 수갑과 족쇄를 끊어 주지는 않을까
싶어서였다.

그러나, 방대랑의 칼은 서세치의 목을 향해 다가왔다.

"어헉!? 바, 방일이 자네 미쳤는가? 왜, 왜 이러나!"

서세치가 당황하여 뒷걸음질 쳤다.

하지만 방대랑은 여전히 슬픈 표정을 지은 채 칼을 들이밀

었다.

"어쩔 수 없습니다, 형님. 제가 이렇게 하는 게 형님을 돕는 길입니다."

"사, 사람 멱을 따는 게 어떻게 돕는 일이 되는가!?"

"차라리 여기서 제 손에 의해 편히 돌아가시는 게 낫다는 말입니다!"

방대랑의 말에 서세치는 기겁했다.

하지만 방대랑의 칼은 결국 서세치의 목에 닿지 못했다.

그 전에 다른 간수들이 와서 방대랑을 끌어냈기 때문이었다.

방대랑은 다른 간수들에 의해 끌려가면서도 계속 서세치를 향해 외쳤다.

"형님! 차라리 지금 자결하십시오! 그 편이 조금이라도 덜 고통스러우실⋯⋯!"

저것은 필히 진심으로 생각해서 하는 조언일 것이다.

방대랑은 그런 인물이었으니까.

그리고 그 착하고 마음씨 좋은 방대랑이 저런 말을 할 정도라면⋯⋯.

"⋯⋯."

"⋯⋯."

"⋯⋯."

서세치를 비롯한 모든 죄수들의 시선이 다시 한 곳으로 옮겨 갔다.

도살장.

추이가 기다리고 있는 곳이었다.

간수들은 묘한 표정을 지으며 도살장의 문을 열었다.

그들은 마지막 순간, 죄수들에게 충고했다.

"새로운 천두님의 심기를 거스르지 않는 편이 좋을 거야."

"그분께서 앞으로의 계획을 살짝 귀띔해 주셨는데……."

"이봐. 뭘 그런 걸 얘기해 주고 있나. 우리는 우리 할 일만
하세. 괜히 얽히기라도 했다간……."

간수들 역시도 겁을 잔뜩 집어먹은 기색이었다.

이윽고, 죄수들이 도살장 안에 줄지어 섰을 때.

…쩍!

추이는 사각형의 큰 칼을 들고 도마 위의 돼지를 썰고 있
었다.

…텅! …텅! …텅!

나무 그루터기 위에 올려져 있던 커다란 돼지가 깍뚝깍뚝
썰려 나간다.

가죽도, 살점도, 뼈도, 모두 사각형으로 토막토막 잘려 나
가 아래에 있는 바구니에 수북하게 쌓였다.

도마로 쓰이는 커다란 나무 그루터기.

나이테의 모양을 따라 걸쭉한 핏물이 흐른다.

그것은 부글부글 끓는 거품을 토해 내며, 여러 겹의 붉은 동심원을 만들어 내고 있었다.

코를 찌르는 피비린내와 지방 누린내가 머리를 어지럽게 만든다.

갈고리에 걸린 채 아래로 축 늘어져 있는 내장들의 숲 사이에서, 죄수들은 덜덜 떨고 있었다.

추이가 말했다.

"새해가 밝으면 가족들에게 고기 몇 근은 끊어 가야지."

분위기가 워낙 살벌한지라 대답도 못 하겠다.

"그래야 새끼들한테 고깃국이라도 한 그릇 끓여 먹일 게 아닌가. 그렇지?"

이어지는 추이의 질문 앞에서 죄수들은 서로 눈치만 보고 있었다.

이윽고, 추이가 말했다.

"여기에 쌓인 돼지고기 토막들을 너희들의 가족들에게 보낼 것이다. 새해 선물로 말이야."

따뜻한 덕담이다.

장소가 도살장이고, 화자가 추이인 것을 제외한다면 말이다.

"……"

"……."

"……."

새삼 가족이라는 말을 들먹이는 추이의 앞에서 죄수들은 영문을 몰라 멀뚱멀뚱 서 있을 뿐이다.

혹시 가족을 인질로 잡겠다는 말이 아닐까 싶어서 겁을 먹는 이들도 더러 있었다.

그러나, 이어지는 추이의 말은 예상과는 조금 다른 것이었다.

"아 참. 이 돼지고기 토막들 사이에 너희들의 고기도 썰어 넣고 섞을 것이다."

"……!"

죄수들은 자신들의 귀를 의심했다.

하지만 추이는 여전히 태연한 기색이다.

"너희들의 애미, 애비, 마누라, 새끼들의 보양식이 되어라. 너희들을 가치 있게 쓸 만한 곳이 그 외에는 달리 없다."

눈빛과 어조가 너무 태연해서 무슨 한담이라도 나누는 것 같다.

하지만 그 안에 담겨 있는 뜻은 결코 한가롭지가 않았다.

추이는 얼굴에 튄 피를 닦으며 말을 이었다.

"푹 고으면 돼지 뼈인지 사람 뼈인지 아무도 몰라. 모르고 먹으면 고기는 다 맛있는 법이지."

진심이다. 저놈은 그러고도 남을 놈이다.

이것이 죄수들의 머릿속에 공통적으로 든 생각이었다.

그때, 죄수들 사이에서 이변이 있었다.

서세치. 그가 제일 먼저 앞으로 튀어나와서 납작 엎드렸다.

"나, 나으리! 제발 살려 주십시오! 목숨만은……!"

그러자 다른 죄수들도 황급히 무릎을 꿇고 대가리를 바닥에 처박았다.

"……."

추이는 한동안 죄수들을 빤히 내려다보았다.

그러고는 고개를 절레절레 저었다.

"너희들을 쓸 데가 없다니까?"

"바, 바치겠습니다! 빼돌린 재물들을 다 바치겠습니다!"

"필요 없다. 없으면 없는 대로 살면 되는 거야. 언제부터 도적놈들이 재물을 쌓아 놓고 살았나? 돈이나 쌀이 필요하면 그때그때 약탈하면 돼."

한마디 한마디에서 진심이 물씬 느껴진다.

죄수들은 본능적으로 알 수 있었다.

오기도 통하는 곳이 따로 있고, 협상도 때와 장소를 가려야 한다는 것을.

서세치가 발작하듯 외쳤다.

"저, 저, 저는 쓸모가 있습니다! 유림(儒林) 출신이라 글도 잘 쓰고 행정 업무에도 능합니다! 살려 주신다면 반드시 큰 힘이 되어 드리겠습니다!"

다른 죄수들 역시도 앞다투어 나서기 시작했다.

"저는 돈이 많습니다! 다 바치겠습니다!"

"새꺄! 그런 횡령한 돈이잖아! 저는 부모님이 장사를 하셔서 진짜 돈이 많습니다요!"

"제 특기가 무술입니다! 저를 살려 주신다면 평생 추이 님을 경호하겠습니다!"

"제, 제 밑에 예쁜 기생 열다섯이 있습니다! 각지에서 납치해 온 년들인데 미색이 죽여줍니다요! 모두 가지십시오!"

각자 자신의 필요성을 역설하며 나서기 바쁘다.

그러자 비로소 추이의 표정이 변했다.

"……뭐, 굳이 따지자면 너희들을 쓸 만한 곳이 하나 더 있기는 하지."

고기가 되는 것 말고도 쓸모가 있단다.

죄수들 중에는 그 말이 너무나 반가워서 으앙 하고 울어버리는 녀석들도 있었다.

이윽고, 추이는 칼을 들었다.

그리고 칼끝을 핏물에 찍어서 벽에 글씨를 쓰기 시작했다.

-멸사봉공(滅私奉公)-

글귀에서 풍겨 나오는 시뻘건 피비린내가 죄수들의 눈알

을 파고들었다.

추이가 말을 이었다.

"나를 도와서 공을 세운다면 형을 면제해 주마. 더불어 추심도 눈감아 주지."

석방뿐만 아니라 횡령한 돈도 그대로 놔두겠다니, 실로 파격적인 조건이다.

서세치는 저도 모르게 침을 꿀꺽 삼켰다.

그리고 무엇에 홀리기라도 한 듯 멍한 표정으로 물었다.

"저, 저희들이 무얼 하면 됩니까요?"

추이는 태연하게 대답했다.

"촉설산(蜀雪山)을 오를 것이다."

"……?"

서세치를 비롯한 죄수들의 표정이 멍해졌다.

촉설산이라 함은 지형이 험준하기로 악명 높은 파촉 땅에서도 가장 높고 험준한 산봉우리다.

한여름 푹푹 찌는 폭염에도 눈이 녹지 않는다는, 마치 저 멀리 신강의 천산산맥을 한 귀퉁이 뚝 떼 온 듯 무시무시한 지역.

그곳을 오른다는 것은 그냥 죽으러 간다는 뜻과도 진배없다.

"……."

"……."

"……."

죄수들이 일동 할 말을 잃은 채 입을 반쯤 벌리고 있는 앞
으로.

스윽— 텅!

커다란 칼이 내리찍혀 돼지 대가리를 반으로 쪼개 놓았다.

사방팔방으로 튀는 선혈과 뇌수, 뼛조각, 살점들 너머로
추이의 목소리가 들려왔다.

"혹시 이 중에 있나? '자발적'으로 나와 함께할 사람이."

견마지로(犬馬之勞)

높은 울타리 안쪽으로 수많은 사람들이 뛰어다닌다.

장강수로채는 꼭두새벽부터 분주하게 돌아가고 있었다.

수적들은 산기슭 아래에 수많은 마차와 수레들을 세워 놓고 그 위에 화물들을 적재하고 있었다.

새로운 채주 적향의 명령이었다.

"……괜찮겠어?"

적향은 옆에 있는 추이를 향해 물었다.

진심으로 걱정하는 기색이었다.

"파촉설산은 멀어. 그리고 엄청나게 혹독해. 스승님께 들었던 것인데…… 아주 오래 전, 마교가 중원까지 쳐들어 왔을 때도 그 설산에 가로막혀 아주 난항을 겪었다더군."

생각 없이 숨을 들이쉬었다가는 폐가 동상을 입을 정도의 극저온.

온갖 종류의 위험한 지형들이 득실거리는 험준한 산맥이 바로 파촉설산이다.

하지만 그런 위험한 곳으로 향하는 추이는 그저 흑색의 낡은 피풍의 한 겹만을 걸치고 있을 뿐이었다.

"그쪽으로 가는 길이 가장 빠르다. 산을 넘으면 곧바로 호북을 거쳐 하남으로 빠지니까."

"그야 지도상으로 보면 그렇지만…… 날씨와 지형이 문제지."

"상관없다. 물자들이나 넉넉히 준비해라."

"그것들이라면 이미 단단히 준비하라 일러 놨어. 걱정 마."

적향은 들판에 놓인 수레들을 쭉 둘러보았다.

수적들은 아직도 짐을 싣고 있었다.

말이 끌고 있는 수레들 위에는 말린 과일과 육포, 장작, 기름, 두꺼운 옷과 신발, 병장기들이 이미 가득하다.

그것도 모자라, 적향은 추이에게 따로 준비한 것을 건넸다.

"파촉설산의 지도야. 그쪽 지형에 대해 잘 아는 전문가들을 모아서 만들었어."

어느 쪽이 높고 어느 쪽이 낮은지, 살얼음으로 덮여서 겉으로는 보이지 않는 절벽이나 유해한 물질이 가득한 온천,

맹수들의 서식지가 낱낱이 적혀 있다.

그 외에도 아직 인간의 발길이 닿지 않은, 그래서 어떻게 생겼는지 아는 사람이 아무도 없는 미지의 구역들도 곳곳에 표기되어 있는 것이 보인다.

청성파, 점창파, 아미파, 사천당가, 오두미교, 태평회 등 인접해 있는 다른 세력들이 봤다면 꽤나 군침을 흘릴 법한 지도였다.

적향이 씩 웃으며 말했다.

"창을 만들어 준 값치고는 너무 많이 받아 버린 것 같아서 말이야. 거스름돈이라고 생각하라구."

"……."

추이는 한동안 지도를 훑었다.

그러고는 고개를 끄덕였다.

"큰 도움이 되겠군. 고맙다. 잘 쓰마."

"……!"

예상치 못한 감사 인사에 적향의 눈이 휘둥그렇게 변했다.

"크, 크흠. 뭘 고맙기까지야. 됐어. 친구끼리."

적향은 헛기침을 하며 괜히 딴청을 피웠다.

옆에 있던 남궁율이 그런 적향을 부럽다는 듯 쳐다보고 있었다.

바로 그때.

"어이, 죄수들 나온다."

뒤에 있던 견술이 추이의 어깨를 툭 쳤다.

"……."

추이는 시선을 앞으로 돌렸다.

수적들에 의해 끌려 나온 백팔 명의 죄수들이 자갈밭 위에 일렬로 섰다.

그들은 수갑과 족쇄를 차고 목에는 큰 칼을 쓴 채 추이를 바라본다.

하나같이 죽상을 한 표정들이었다.

추이는 그들의 앞으로 종이 한 장을 내밀었다.

"너희들이 쓴 계약서다. 마지막으로 한번 다시 확인해라."

바람에 나부끼는 종이에는 다음과 같은 글씨들이 적혀 있었다.

〈계약서〉

一. 상기명 본인은 파촉설산으로의 상행(商行)에 참가를 희망합니다.

二. 이 과정에서 강요나 협박 등의 위법행위는 일체 없었으며, 이 모든 것들은 전적으로 본인의 의사에 의한 자발적인 참여임을 미리 밝힙니다.

三. 이 상행은 파촉 지역에 식량, 식수, 방한 도구, 병장기 등등을 판매하여 차익을 얻거나 그 일대의 특산물들을 구매해 오는 등 사적인 이익을 추구하기 위한 여정입니다.

四. 만약 상행 중 예기치 못한 상황으로 인하여 불이익을 겪게 될 경우, 그것이 어떤 종류의 것이든 간에 기꺼이 감수하겠습니다.

五. 저는 이번 상행을 성공적으로 마무리할 때까지 총책임자인 추이 천두님께 '견마(犬馬)'의 마음으로 충성을 다할 것을 굳게 다짐합니다.

그 밑에는 죄수들의 수결(手決)과 지장(指章)이 보인다.

명목상으로 이번 여정은 파촉설산에 식량과 식수, 방한 도구, 병장기 들을 팔러 가는 상행이었다.

남궁율은 계약서를 보며 감탄했다.

"자필 계약서에 수결과 지장까지 있으니 이건 정말 빼도 박도 못하겠군요. 혹여 나중에 관아에서 문제를 삼는다고 해도 얼마든지 둘러댈 수 있겠어요."

애초에 파촉설산에 사람들이 살 리가 없으니 상행이라는 것은 그냥 허울 좋은 구실일 뿐.

이것은 자발적으로 참여하는 상행이 아니라 사실상 사지(死地)로 향하는 강제징용인 것이다.

"……."

"……."

"……."

죄수들은 우울한 표정으로 발걸음을 옮겼다.

하지만 모든 죄수들이 축 쳐져 있는 것은 아니었다.

그중에서도 삶의 의지를 불태우고 있는 남자가 하나 있었다.

"여보게들. 너무 그렇게 기죽지 말게."

서세치. 그가 옆에 있는 다른 죄수들을 독려하고 있었다.

"추이 천두님께서 말씀하셨지 않은가. 이번 상행을 성공적으로 끝마치고 오면 자유의 몸이 되게끔 해 준다고."

물론 그 말을 믿을 정도로 서세치는 순수하지 않다.

다만, 어떻게든 살아만 있으면 언젠가 기회가 온다고 막연하게 믿고 있을 뿐이다.

그래서 서세치는 짐짓 다른 죄수들을 설득하는 척, 저 앞에 있는 추이에게 알랑방귀를 뀌고 있었다.

"추이 천두님께서도 저번에 말씀하시지 않았나. 멸사봉공(滅私奉公). 크~ 이 얼마나 좋은 말인가? 사욕을 멸(滅)하고 공익을 위해 힘쓴다는 뜻이지. 이 말은 말일세. 원래 당나라 때의 '최릉수상서호부시랑제(崔稜授尙書戶部侍郎制)'라는 글에서 처음 나온 말일세. 원진(元積)이라는 문인이 쓴 글인데, 원문은 다음과 같지. 큼큼— 내 한번 읊어 보겠네."

서세치는 자신의 유식함을 드러내어 존재 가치를 입증하려는 듯 큰 소리로 외쳤다.

其職嚴而不殘.
―직책이라는 것은 엄격하여 결함이 있어서는 안 된다.
辟名用物者逃無所入.
―문서를 허위로 작성하거나 물건을 제멋대로 쓴 자는 도망칠 수 없으며.
滅私奉公者得以自明.
―사사로움을 버리고 공변됨을 받드는 자만이 스스로 명백함을 얻을 수 있다.

주변의 죄수들은 뭔 개가 짖냐는 듯 눈살을 찌푸린다.

하지만 서세치에게는 상관없는 일이었다.

'……무식한 새끼들. 어차피 너희들 들으라고 하는 말이 아니다.'

이렇게 반성하고 회개하는 척하면서 성실한 모습을 보임과 동시에, 풍월깨나 읊는다는 티를 내면 반드시 위에서 신호가 오게 되어 있다.

분명 추이는 자신을 옆에 두고 오른팔처럼 쓰게 될 것을 서세치는 확신하고 있었다.

그때, 추이가 큰 소리로 외쳤다.

"자. 이제 출발할 시간이다. 목적지는 파촉설산. 여기서 겨우 천 리밖에 떨어져 있지 않은 곳이지."

천릿길.

일반적인 성인의 보폭을 두 척(尺) 반이라고 가정했을 때, 천 리는 약 오십삼만 삼천 걸음쯤 된다.

한 시진에 대략 이십 리를 갈 수 있다고 치면…… 대략 나흘 동안 먹지도 자지도 않고 쉼 없이 걸어야 하는 거리.

물론 이 가정은 지형이 완전한 평지였을 때를 기준으로 한 것이고, 오르막길이나 험준한 지형이 앞을 가로막는다면 그 몇 배의 시간이 걸릴 것이다.

"……."

"……."

"……."

죄수들 사이에서 동요가 일어났다.

주변의 시선이 왜인지 서세치를 향해 집중되었다.

한때 백두 계급에 있었던 수적 하나가 으르렁거리듯 말했다.

"어이, 수염쟁이. 네가 좀 말해 봐라."

"어어? 뭘?"

"지금 이 상태로 천릿길을 어떻게 가냐고 말이야. 아까 보니까 뭐라고 주절주절 말 잘하던데."

서세치는 당혹스러운 표정으로 입을 우물거렸다.

하지만 계속 입을 다물고 있기에는 주변의 시선이 부담스러웠다.

결국 서세치는 부담을 이기지 못하고 입을 열었다.

"저, 저기요 천두님."

"뭐냐?"

추이의 시선이 다시금 이쪽을 향한다.

서세치는 찔끔 움츠러들었다가도 이내 할 말을 했다.

"혹시 질문을 해도 괜찮을까요?"

"짧게 해라."

추이는 의외로 흔쾌히 질문을 받아 주었다.

이윽고, 서세치는 죄수들을 대표하여 의문을 제기했다.

"파촉설산까지는 길이 아주 멀 겁니다요."

"그래서?"

"도보로는 도저히 갈 수 없는 상황이니 아마도 마차나 수레를 타야 할 텐데…… 여기 있는 수레들에 이 인원들이 다 타기에는 너무 비좁지 않을까 해서……."

서세치의 말에 다른 죄수들도 고개를 끄덕이며 말을 거들었다.

"맞습니다. 수레가 너무 비좁습니다."

"말들도 너무 적어요. 이 인원이 다 타기에는 어려울 겁니다."

"꾹꾹 눌러 타면 어찌어찌 되기에 할 텐데…… 그래도 일부는 내려서 걸어와야 할 겁니다."

"늙은이들은 타고, 젊은이들은 걷게 하면 어떨까요?"

하나가 입을 열자 열이 따라 했고 이내 모든 이들이 저마다 한마디씩 늘어놓는다.

주변이 순식간에 도떼기 시장마냥 소란스러워졌다.

그때.

"타? 누가?"

추이가 죄수들에게 반문했다.

죄수들이 의아한 표정을 짓자 추이는 옆을 향해 손짓했다.

마차와 수레 앞에 있던 말들이 우르르 빠져나가기 시작했다.

수적들은 한 마리의 말까지 모두 끌고는 산채를 향해 올라가 버렸다.

"……?"

서세치를 비롯한 수적들은 영문을 모르겠다는 듯 멀뚱멀뚱 서 있을 뿐이었다.

아니. 마차가 여기에 있는데 왜 말을 없애 버린단 말인가?

하지만 그러거나 말거나, 추이는 혼자서 저벅저벅 걸어가더니 성큼 마차에 올라탔다.

"이것만 있으면 말 없이도 마차를 몰 수 있지."

추이는 마차 안쪽으로 손을 뻗었고 잠깐 뒤적였다.

서세치를 비롯한 모든 죄수들은 추이가 어떤 조화를 부릴지 궁금하다는 표정으로 목을 길게 뺐다.

이윽고, 추이는 말 없이도 마차를 움직일 수 있게 만들어주는 신비로운 보구를 꺼내 들었다.

"?"

그것은 성인 남성의 팔목과도 비슷한 굵기를 가진 채찍이었다.

"??"

의아한 표정의 죄수들 앞으로 추이가 채찍을 든 채 내려섰다.

그리고는 죄수들의 몸을 묶고 있는 밧줄들을 하나하나 마차에 연결한다.

"???"

이윽고, 모든 죄수들의 밧줄이 마차와 연결되었다.

그 시점에서 추이는 채찍을 들어 올렸다.

"뭣들 하나."

"……?"

"끌어 얼른."

"……!"

그제야 죄수들은 깨달았다.

자신들은 천릿길을 걸어 그 끝에 눈과 얼음으로 이루어진 드높은 설산을 등반해야 한다.

그것도 이 무거운 마차들을 직접 자신들의 손발로 끌면서!

죄수들 모두가 아연실색한 기색으로 입을 반쯤 벌렸다.

유일하게 정신을 차린 서세치가 더듬더듬 말했다.

"처, 천두님. 농담이시지요? 사람이 어떻게 저 무거운 짐수레를 끌겠습니까? 그것도 목적지가 파촉설산인데……."

"어떻게 끄냐니? 이미 계약서에 고지했잖나."

"예? 계약서에 그런 내용이 어디에……."

추이가 서세치를 똑바로 바라보았다.

"잘 봐라."

창끝과도 같은 시선이 내리꽂힌다.

서세치는 자신의 눈알과 심장이 그것에 관통당하는 듯한 착각을 느꼈다.

팔락―

추이의 손에 들린 계약서가 다시 한번 죄수들의 눈에 아로
새겨진다.

  저는 이번 상행을 성공적으로 마무리할 때까지 총책임자인
추이 천두님께 '견마(犬馬)'의 마음으로 충성을 다할 것을 굳
게 다짐합니다.

추이는 채찍을 높이 들어 올렸다.
그리고 마차를 어떻게 끌어야 하는지에 대한 해답을 내놓
았다.
"견마의 마음으로 끌어라."
까라면 까라는 말이다.

백 하고도 여덟 명이나 되는 죄수들이 개와 말이 되어서
수레를 끈다.
이 진귀한 광경을 보기 위해 모여든 사람들로 인해 거리는
언제나 북적거렸다.
한편, 견술과 남궁율은 죄수들이 끄는 수레 위에 앉아서
그 모습을 내려다보고 있었다.
"우와, 소문이 그새 퍼졌나 보네. 사람들 모여든 것 좀

봐."

"추 소협이 장강수로채의 수적들을 개심시켜서 힘없고 굶
주린 이들을 구원했다는 소문 때문이죠. 오죽했으면 새로운
별호가 '급시우(及時雨)'겠어요."

추이의 행보는 소문에 소문을 거치며 사실과는 조금 다르
게 포장되어 있었다.

배곯던 빈민들을 보다 못한 의협(義俠) 추이가 장강수로채
에 단신으로 뛰어들어 폭정을 일삼던 인백정을 때려죽이고
그곳에 쌓인 양곡들을 모두 불출했다는 것이 소문의 주 골자
였다.

그래서 그 소문을 들은 사람들은 추이의 별호를 삼청황천
에서 급시우, '가뭄에 때맞추어 내리는 비'라고 고쳐 불렀다.

……하지만.

'급시우인지 급시발인지 진짜 개 같아서 원.'

서세치를 비롯, 수레의 앞에서 죽어라고 쇠사슬을 잡아당
기고 있는 개와 말들의 입장에서는 속에서 천불이 나는 소리
였다.

죄수들은 추이의 채찍을 맞아 가며 죽어라고 수레를 끌었
다.

사슬을 잡아당기는 손가죽이 다 찢어져 피가 흘렀고 황무
지를 밟는 맨발 가죽은 죄다 터지고 부르텄다.

하지만.

"점점 느릿해지는구나. 더 빨리 끌어라."

추이의 채찍질은 조금의 사정도 봐주지 않았다.

굵은 채찍이 등짝을 때릴 때마다 죄수들은 비명을 지르며
수레를 끌었다.

……그러나 고역은 그뿐만이 아니었다.

"이 개만도 못한 새끼들아! 내 딸을 겁간하고도 여태 살아
있었느냐!?"

"쌀을 뺏었으면 곱게 뺏어서 갈 일이지 왜 집에 불까지 질
렀느냐! 우리 어머니께서는 다리가 편찮으셔서 도망도 못 가
고 돌아가셨다!"

"말을 몰아서 우리 애를 치어 죽이고도 재밌다며 낄낄 웃
어 댔지? 이 악귀 같은 새끼들아! 뒈져 버렷-!"

지금껏 장강수로채의 수적들에게 피해를 입었던 백성들이
모여들어 침을 뱉고 돌을 던졌다.

"……."

"……."

"……."

죄수들은 지금껏 행했던 악행들을 떠올리며 후회했으나
이미 사죄할 방법은 사라진 지 오래였다.

휘익- 퍽! 퍼벅! 빠각!

자갈들이 날아와 죄수들의 이마를 피투성이로 만든다.

돌에 맞아 바닥에 넘어지면 어김없이 추이의 채찍이 날아

들었다.

"꾀부리지 말고 끌어라."

추이가 휘두르는 채찍은 성인 남자의 손목만큼이나 굵다.

저것에 한 번 맞느니 차라리 자갈 열 개를 맞는 편이 훨씬 덜 고통스러웠다.

죄수들은 지금껏 자신들이 괴롭혀 온 사람들의 눈을 피해 서둘러 수레를 끌었다.

지금까지는 백성들이 도적들의 눈을 피해 도망쳤다면, 이제는 도적들이 백성들의 눈을 피해 도망칠 차례였다.

"……."

그 모습을 보며 남궁율은 생각에 잠겼다.

옆에 있던 견술이 또 슬쩍 그녀의 속을 긁었다.

"아니, 공명정대한 정파의 협객이 왜 가만히 있어? 저러는 꼴을 그냥 두고 볼 거야?"

"수적들에게 채찍을 때리는 거요? 그게 뭐 잘못됐나요?"

"잘못됐지. 사적 제재잖아. 법에 따라 심판해야지 저런 식으로 하면 안 되는 것 아닌가? 계약서도 막 강제로 쓰게 하고 말이야. 응?"

"흠……."

견술의 말에 남궁율은 손으로 턱을 짚었다.

그러고는 고개를 좌우로 절레절레 저었다.

"만약 정말로 그 목적이 죄인들을 벌주려는 것에만 있다면 말렸을지도 몰라요."

"뭐? 그럼 아니라는 거야?"

"제 생각에는 그래요. 추 소협의 행보는 어쩌면 대단히 정치적인 목적을 띠고 있는 것이 아닌가 하는……."

"정치적? 추이가? 왜 그렇게 생각하지?"

"그러니까. 그동안의 모든 업보와 죄의 표상(表象)을 이 죄수들에게 몰아주었으니, 남은 장강수로채는 의인들만 남은 집단인 것으로 생각되게끔 하는…… 어찌 보면 채주가 된 적향 님을 위한 수인 것이죠."

"……."

남궁율의 말에 견술은 고개를 끄덕였다.

확실히, 추이는 방을 붙인 뒤 그 방의 주인공들인 이 백팔 명의 죄수들을 일부러 사람이 많은 곳으로만 끌고 다니고 있었다.

만약 남궁율이 추측한 것이 맞다면, 추이는 적향에게 또 다른 커다란 선물을 안겨 주고 가는 셈이다.

도덕성이라는 커다란 대의명분을 말이다.

'그렇다면 추 소협은 단순히 강하기만 한 것이 아니라 심계도 무척 깊다는 말이 되는데…… 대체 어디서 이런 잠룡(潛龍)이 나타난 거지?'

남궁율은 언젠가 그녀의 할아버지인 남궁천이 했던 말을 떠올렸다.

'싸우는 방식은 잡배(雜輩). 창술은 삼류(三流). 무공은 절정(絶頂). 경공은 초절정(超絶頂). 심계는 화경(化境). 도무지 알 수 없는 친구더구나.'

동시에 그녀는 생각했다.

어쩌면, 저 앞에 있는 추이는 자신이 지금껏 대단하다고 생각했던 것보다 훨씬 더 대단한 사람일지도 모르겠다고.

꽃

어느덧 눈이 내리기 시작했다.

살얼음들이 부딪치며 출렁거리는 하류(下流).

여기서부터는 동쪽으로 흐르는 장강의 지류들이 굽이굽이 펼쳐져 있다.

여기서부터는 인적도 거의 없는 황야나 산길이 계속된다.

가파른 오르막길 앞에서, 추이는 죄수들에게 휴식을 명령했다.

"크하-- 죽겠다."

"나는 더 이상 못 움직여. 때려죽여도 못 움직여."

"지랄. 채찍 한 대 맞으면 벌떡 일어나서 네 발로 달려갈 새끼가."

사람이 너무 피곤하면 잠도 오지 않는다.

죄수들은 찢어진 손가죽과 터져 나간 발가죽을 어루만지

며 울상 짓고 있었다.

동상에 걸렸느니, 관절이 쑤신다느니 하는 곡소리들이 텅 빈 황무지를 꽉꽉 채워 나간다.

하지만.

시간이 지날수록 죄수들의 몸에서 나오는 소리는 한 가지로 귀결되어 가고 있었다.

꼬르르륵……

지독한 배고픔과 목마름.

죄수들은 깨달았다.

휴식 같은 것은 없다.

몸을 움직일 때는 수레의 무게와 싸워야 하고, 몸을 움직이지 않을 때는 기갈과 싸워야 했다.

이틀 내내 한숨도 자지 못하고 수레를 끌었던 죄수들은 정말로 죽어 가고 있었다.

내리는 눈을 받아서 어떻게든 목을 축였다고 해도, 허기만큼은 어떻게 면할 길이 없는 것이다.

결국 죄수들 몇몇이 추이의 마차를 향해 움직였다.

그중에는 서세치도 끼어 있었다.

"저…… 천두 나으리."

서세치는 떨리는 목소리로 입을 열었다.

이윽고, 마차의 휘장 안에서 추이의 목소리가 들려왔다.

"뭐냐."

추이의 목소리가 들려오자마자 죄수들은 바닥에 납작 엎드려 머리를 조아린다.

서세치가 대표 격으로 말했다.

"저…… 실례가 안 된다면 질문 하나 해도 되겠습니까?"

"실례니까 하지 마라."

"…….'

운을 잘못 뗐다.

서세치는 추이에게 말을 거는 방법을 뼈저리게 배우고 있었다.

그는 눈을 질끈 감고 외쳤다.

"그, 그런 것이 아니라…… 천두님께서 식사를 언제 하실지, 혹 너무 오래 굶고 계시는 것이 아닐지 걱정이 되어서 여쭈려고 한 것이었습니다! 만약 괜찮으시다면 저희가 식사를 준비해 드릴까 하고요!"

추이의 식사를 걱정하는 듯 말했으나 기실은 자기들 먹을 밥을 달라고 하는 말이었다.

하지만 휘장 속에서는 뜬금없는 대답이 들려왔다.

"필요 없다."

필요가 없다니? 장강수로채를 떠난 지 이틀이나 지났는데 왜 밥이 필요 없단 말인가?

서세치는 고개를 더더욱 조아리며 말했다.

"그래도 식사는 하셔야지요. 천두님의 몸이 상하실까 그

것이 저는 두렵습니다. 부디 끼니를 거르지 않으셨으
면…….”

하지만 그의 말은 끝까지 이어지지 못했다.

별안간 마차의 휘장이 뒤로 확 걷혔기 때문이다.

마차 안에는 추이와 견술, 남궁율이 앉아 있었다.

그리고 그 사이에는 말린 과일과 육포, 떡, 물이 든 호로
병이 놓여 있는 것이 보였다.

“!?”

서세치를 비롯한 죄수들의 눈이 찢어질 듯 커졌다.

그 앞에서 추이는 태연한 어조로 말했다.

“나는 이미 많이 먹었다.”

서세치의 입술이 파들파들 떨리기 시작했다.

욕이 목젖을 걷어차고 입술을 찢발기려 든다.

서세치는 그것을 필사적으로 억눌러 삼켰다.

“그, 그, 그거 참 잘되었습니다. 그런데 혹시 외람되오
나…… 저희들 몫은 없는지 감히 여쭈어 봐도 되겠습니까?”

서세치의 용감한 질문에 다른 죄수들 역시도 마른침을 꿀
꺽 삼킨다.

하지만, 추이의 대답은 이번에도 상당히 의외였다.

“있다.”

“……!”

“…….”

"……?"

하지만 그 뒤로 딱히 별다른 말이 이어지지 않는다.

약간의 침묵 후, 추이가 말을 이었다.

"있는데 뭐 어쩌라고?"

그러자 서세치가 속으로 부르짖었다.

'야잇 싯팔!'

있으면 줘야지 왜 안 준단 말인가.

하지만 생각을 곧이곧대로 입 밖으로 내뱉었다간 바로 살해당할 것이다.

서세치는 초인적인 인내심을 발휘하며 목소리를 나긋나긋하게 눌렀다.

"추, 추 천두님. 그러면 혹시 저희들이 언제쯤이면 그 식량을 배급받을 수 있을까요? 저희들 몫이라고 하셨던 그 식량을요."

"뭐야. 배고프냐?"

"……."

안면근육 전반이 미친 듯이 요동친다.

입술이 자꾸만 철새의 날개처럼 푸드득 푸득 날갯짓을 하려 해서 이대로 가다가는 몸이 허공으로 붕 떠오를 것 같았다.

……하지만 서세치는 이번에도 꾹 눌러 참았다.

간수들의 모진 고문과 학대에도 불구하고 토해 내지 않았던 비자금과 꼬불친 재물들.

그것들을 머릿속에 생각하며, 그는 참고 또 참았다.

'여기서 죽을 수는 없다. 암. 그 돈들을 써 보지도 못하고 끝날 수는 없지.'

서세치는 결연한 표정으로 고개를 들었다.

"그럼요, 천두님. 저희도 사람인데 이만큼 수레를 끌고 왔으면 당연히 배가 고픈 것이 인지상정 아니겠습니까."

"그래. 너희도 사람이긴 사람이었지. 수레를 잘 끌기에 정말로 개돼지…… 아니 견마인 줄 알았다."

서세치를 비롯한 죄수들이 몸을 부들부들 떨기 시작했다.

하지만 추이의 손에 쥐어져 있는 채찍 앞에서는 저절로 분노 조절이 잘될 수밖에 없다.

이윽고, 추이가 무언가를 앞으로 내밀었다.

그것은 바로 게.

작은 화로 위에 올려 빨갛게 익힌 참게였다.

"……."

"……."

"……."

김이 모락모락 올라오고 있는 참게 구이 앞에서 죄수들은 개처럼 침을 흘렸다.

사천의 명물 중의 하나가 바로 이 참게 구이 아닌가.

수확이 끝난 논두렁에 숭숭 뚫려 있는 구멍.

그 앞에 대고 갈대로 만든 낚싯대를 흔들면 꼭 한 마리씩 걸려 나오던 것이 바로 이 겨울 참게이다.

그것들을 놋쇠 주전자 속에 바글바글 잡아넣었다가 볏짚으로 피운 모닥불에 한 마리씩 던져 넣고 빨갛게 익어 가는 게를 호호 불어 가며 까먹던 추억.

머릿속에는 새벽녘마다 참게 장수들이 외치던 음성이 절로 떠오른다.

−댁(宅)들에 동난지이 사오.

−저 장사야, 네 파는 물건 무엇이라 외느냐, 사자.

−외골내육(外骨內肉), 양목(兩目)이 상천(上天), 전행후행(前行後行), 소(小)아리 팔족(八足) 대(大)아리 이족(二足) 청장(淸醬)에 아스슥 하는 동난지이 사오.

−장사야, 하 거북하게 외지 말고 게젓이라 하렴은.

솔솔 풍겨 오는 고소한 냄새에 죄수들의 눈이 점점 풀려 간다.

…꿀꺽!

꼬치에 꿰여 있는 참게는 너무나도 크고 빨갛다.

저 튼실한 집게발 속에 살이 꽉 차 있다는 것을 한눈에 봐도 알겠다.

서세치는 저도 모르고 손짓 발짓으로 자신의 의사를 피력

했다.

"어, 어서! 어서 참게를……!"

마음 같아서는 당장 달려들어서 저 게를 껍질째 입에 욱여 처넣고 싶다.

하지만 게를 잡고 있는 이는 다른 누구도 아닌 추이였다.

함부로 덤벼들었다가는 부서지는 것이 게딱지가 아니라 자신의 골통이 될 수도 있기에 그 누구도 감히 움직이지 못 했다.

그저 질질 흘러나오는 침을 간간이 꿀떡꿀떡 삼키고 있을 뿐.

그때, 추이가 서세치를 돌아보며 입을 열었다.

"옛말에 이런 말이 있지. 격언(格言)은 마음의 양식이다. 그 격언들 중 하나를 들어 볼 텐가?"

"저는 마음의 양식보다는 육체의 양식을 조금 먼저 들어 보고 싶습니다만…… 귀로 말고, 여기 이 손으로 들어 볼 수 있으면 참 좋겠는데요."

"육체보다는 정신이 더 중요하지. 기회가 있을 때 들어라. 나의 격언은 쉽게 들을 수 있는 게 아니니까."

"쉽게 들을 수 있는 게가 아니라 쉽게 들 수 없는 게로군 요. 알겠습니다! 뜯겠습, 아니 듣겠습니다! 게든 격언이든 뭐 든! 제발 빨리만!"

어느새 모든 죄수들이 서세치와 같은 표정, 같은 눈빛을 한 채 추이를 바라본다.

심지어 뒤에 있던 견술과 남궁율 역시도 호기심 가득한 표정을 지은 채 이쪽을 보고 있었다.

이처럼 모든 이목들이 집중된 상황 속에서, 추이는 격언을 말했다.

"음마투전(飮馬投錢)."

"……?"

죄수들 중에 그 말을 알아듣는 이는 서세치 정도밖에 없었다.

죄수들의 채근을 받은 서세치가 더듬더듬 해석을 내놓았다.

"음마투전…… 마실 음(飮), 말 마(馬), 던질 투(投), 돈 전(錢)…… 옛날 선비들은 말에게 강물을 마시게 한 뒤에도 강물 속에 돈을 던져서 빚을 갚았다는 뜻으로…… 직역하자면……."

이윽고, 서세치의 눈동자가 불안하게 흔들렸다.

"……세상에 공짜는 없다?"

바람에 실려 오는 싸라기눈이 피부를 때린다.

동상으로 빨개진 코끝이 떨어져 나갈 듯 아픈 것을 보니 분명 현실이었다.

"……."

서세치는 물 위로 숨을 쉬러 나온 잉어처럼 입을 몇 번 뻐끔거렸다.

방금 들은 말을 도무지 믿을 수 없다는 듯한 표정이었다.

"그게 그러니까 그래설라무네…… 저희가 그 참게 구이를…… 사 먹어야 한다 이 말씀이십니까? 돈을 주고?"

"꼭 그런 것은 아니야. 돈 말고 다른 것도 받는다."

추이는 시원스레 고개를 끄덕였다.

무슨 전당포나 엿장수 좌판에서 들을 수 있을 법한 대답이었다.

죄수들의 입이 떡 벌어졌다.

지금까지 맨발 맨손에 맨몸으로 이 무거운 수레들을 끌고 왔건만, 잘했다고 특식을 주지는 못할망정 먹을 것까지 돈을 주고 사 먹으라니.

이건 정말 아니다.

심지어 지하 감옥에 갇혀 쫄쫄 굶고만 있을 때도 이것보다는 처지가 훨씬 좋았다.

거기서는 배고프고 목마르긴 했어도 최소한 강제노역은 안 하지 않았던가.

서세치가 부들부들 떨리는 목소리로 다시 한번 확인했다.

"그러니까. 돈이 없으면 참게 구이를 먹을 수 없다는 말씀이신 거군요?"

"그렇지. 이제야 대화가 좀 통하는군."

아니다.

대화는 아까부터 전혀 통하고 있지 않다.

하지만 서세치는 그것을 구태여 지적하지 않았다.

다만 울화를 꾹꾹 눌러 참으며 머리를 숙일 뿐이다.

"혹시 실례가 되지 않는다면…… 그 참게 구이를 얼마에 파실 계획이신지 여쭈어봐도 되겠습니까?"

그러자 추이는 잠시 무언가를 고민하는가 싶더니.

"일 패리가(貝利價) 정도면 되겠군."

이내 뚱딴지같은 대답을 내놓았다.

"……?"

"……?"

"……?"

서세치를 비롯한 모든 죄수들이 서로의 얼굴을 바라보았다.

패리가라는 화폐 단위는 한 번도 들어 본 적이 없다.

견문이 넓은 서세치마저도 말이다.

'그래도 일단은 안심이다. 앞에 붙은 숫자가 일이야. 그렇게 크지 않을지도 모르겠어.'

서세치는 열심히 머리를 굴린 끝에 다시 물었다.

"정말 죄송합니다만…… 혹시 패리가라는 것이 무슨 단위인지 여쭈어봐도 되겠습니까? 제가 견문이 짧고 무식하여 들어 본 적이…… 아휴, 이거 참 송구합니다."

"그럴 수도 있지. 내가 방금 만든 단위니까."

"……"

서세치는 심호흡을 했다.

만약 자신이 출산을 앞둔 임산부였다면 이 방법으로 산통을 크게 덜 수 있었을 것이라 생각하면서, 천천히, 후— 하— 후— 하—

'참자. 참게 먹어야지. 여기서 터지면 말짱 꽝이잖아.'

지금껏 수많은 협상을 진행해 봤지만 이렇게 사람을 열 받게 만드는 놈은 처음 본다.

하지만 그럼에도 불구하고 주먹은 법보다 가깝다.

대가리를 숙여야 하는 쪽은 약하고 배고픈 쪽인 것이다.

'참자. 참게. 참자. 참게. 참자. 참게. 참자. 참게. 참자. 참게. 참자. 참게. 참자. 참게. 참자. 참게. 참자. 참게……'

서세치는 속으로 참게를 떠올리며 염불을 외웠다.

그러고는 다시 한번 힘을 내어 물어보았다.

"혹시 그 일 패리가라는 액수가 저희들이 익히 알고 있는 냥의 단위로 환산하면 어느 정도쯤 되는지요?"

모든 죄수들이 다 같은 의문을 품은 채로 군침만 꼴딱꼴딱 삼키고 있다.

추이는 그 앞에서 참게 구이를 들어 올리고 입김을 후후

불어 뜸을 들였다.

"보자. 일 패리가면⋯⋯."

그러고는 짧게 대답했다.

"대충 은자 일백 냥 정도 되겠군."

"개미친놈이!"

서세치가 발작하듯 외쳤다.

그러고는 깜짝 놀라 두 손으로 자신의 입을 가렸다.

고작 게딱지 하나에 은자 백 냥이라니.

은자 백 냥이면 커다란 어시장 안에 유통되는 참게를 몽땅 사들이고도 남는 액수였다.

무슨 게딱지 모아서 대궐 하나 지을 일 있는가?

하지만 지금 터무니없는 가격 책정이 문제가 아니다.

"뭐라고? 개미친놈?"

추이가 급정색을 한다.

그 옆에 있는 견술과 남궁율의 눈빛도 날카롭게 변했다.

"얘 봐라? 죄수 주제에 감히 누구한테 쌍욕을 박아?"

"자기 입장이라는 것을 모르는 놈이군요. 엄벌이 필요할 것 같아요."

견술의 개작두와 남궁율의 어장검(魚腸劍)이 시퍼런 예기를 흩뿌린다.

'히익!?'

서세치는 황급히 대가리를 흙바닥에 처박았다.

그리고 잽싸게 주먹을 들어 올려 바닥을 퍽퍽 치기 시작했다.

"개미친놈! 개미 친 놈! 개미를 친 놈! 개미를 주먹으로 친 놈! 그 개미 친 놈이 바로 접니다! 아, 아따 천두 나으리께서도 참 어찌 들으시는지 모르겠습니다. 하하하— 어휴! 왜 이렇게 개미가 많아 이거!?"

"한겨울에 웬 개미 타령이니?"

"그러게 말입니다. 개미들은 한겨울이면 동면을 하는데 보통. 근데 이렇게 막 돌아다니는 녀석들도 있네요. 하하 참."

"그래? 그럼 계속해라."

"예?"

"계속 잡으라고. 개미."

"……."

견술이 이쪽을 계속해서 빤히 들여다본다.

그래서 서세치는 주먹에서 피가 날 정도로 바닥을 두들겨야 했다.

그의 표정이 완전히 울상으로 변했을 때쯤, 추이가 다시 말을 이어 나갔다.

"게딱지 가격에 불만이 있다면 말해 봐라."

그 말에 죄수들이 눈치를 보며 서세치의 옆구리를 쿡쿡 찌른다.

'젠장, 또 나냐.'

졸지에 죄수들의 대장 격이 되었다.

평소였다면 좋았겠지만 지금 이 순간만큼은 감당하기 힘든 무게였다.

서세치는 두 눈을 질끈 감았다.

그러고는 이를 꽉 악문 채 읍소했다.

"예. 솔직히 그 콩알만 한 참게 한 마리가 은자 일백 냥씩이나 한다는 것은…… 무지하고 편협한 저희들의 정서로서는 받아들이기가 살짝 어려운 감이 없지 않아 있지 않은지 합니다."

"은자 일백 냥이 아니라 일 패리가다."

"아 예…… 그렇군요. 아무튼요. 게딱지 하나를 일 패리가씩이나 받으시는 것은 조금 뭐랄까…… 올바른 시장경제 질서의 확립을 방해하는 경우에 해당되지는 않을까, 그런 생각이 살짝 드는 것 같기도 하고 아닌 것 같기도 하달까요. 예, 뭐, 그렇게 아뢰옵고 싶기는 한 심경입니다."

"그거야 파는 사람 마음이지. 모름지기 시장이라는 것은 수요와 공급에 의해 형성되는 법. 그 두 가지가 만고불변의 진리이다."

"그렇기는 한데…… 그런 식으로 가격을 과하게 책정하시면 수요가 없지 않을까 우려스럽습니다요."

"지레 걱정할 필요는 없다. 수요가 있을지 없을지는 두고 보면 알 일이니까."

"추이 천두님. 여기 발가벗은 죄인들을 좀 보십시오. 저희에게 지금 은자 일백 냥이라는 거금이 어디 있겠습니까? 예?"

"은자 일백 냥이 아니라 일 패러리가라니까."

"아무튼! ……요!"

서세치는 움찔했다.

방금 전에는 자기가 말해 놓고도 목소리가 좀 올라갔기 때문이다.

하지만 추이는 그 점을 관대하게 넘어가 주었다.

그러고는 또 다른 생각의 관점을 제시해 주는 친절함까지 보였다.

"돈이 없기는 왜 없나?"

"……?"

"너희들 있잖아. 돈."

어리둥절한 표정의 죄수들 앞으로 추이가 참게 구이를 빙글빙글 돌렸다.

"전장의 차명 금고에 숨겨 놓은 금원보, 사촌 육촌 팔촌 당숙의 명의로 구입한 저택과 토지들, 마늘밭 깊숙한 곳에 파묻어 놓은 보석들까지…… 다 아는 사람들끼리 왜 대화를 길게 늘이나?"

말인즉슨, 지금껏 장강수로채의 간부로 있으면서 횡령한 돈들을 죄다 토해 내라는 뜻이다.

추이의 의도를 파악한 죄수들이 분노로 인해 몸을 푸르르

떨기 시작했다.

서세치 역시도 마찬가지였다.

"진짜 아까부터 개좆빠는 소리를……."

"뭐라고?"

"헉!? 아, 아무것도 아닙니다. '게 족 빠는'이라고 했습니다. 원래 게는 족이, 다리 족이, 다리가 맛있는 법이지요. 게 다리를 쪽 빨아먹으면 그것이 참 별미라고 한 것이었습니다. 아따 천두 나으리께서도 참 어찌 들으시는지 모르겠습니다. 허허— 어허허허허—"

"됐고. 그래서 살 거냐, 말 거냐?"

추이는 추궁하기조차 귀찮다는 듯 되물었다.

"……."

"……."

"……."

죄수들 사이에서 눈알 굴러가는 소리가 요란하다.

결국 서세치가 다시 한번 대표 격으로 말했다.

"천두님. 저는 정말 결백합니다. 이 청백리 서세치! 하늘을 우러러 한 점 부끄럼도 없는지라 그 참게를 사 먹을 재산도 따로 형성하지 않았습니다. 이건 정말 사실입니다!"

"그렇군. 나는 딱히 강매할 뜻은 없다. 나중에 생각이 바뀌면 찾도록."

"제 생각에는, 생각이 있는 사람이면 천두님을 찾을 일이 없을 것 같은걸요?"

"지금의 네 생각을 존중한다. 그리고 앞으로 바뀌게 될지
도 모르는 미래의 네 생각까지도 존중해 주지."

새침한 표정의 서세치를 향해 추이가 고개를 끄덕였다.

그러더니.

짜—아아아악!

별안간 허리춤에 감아 두었던 채찍을 들어 돌아서던 서세
치의 등짝을 냅다 후려갈겼다.

"으아악!?"

서세치는 시뻘겋게 변한 등짝을 만지며 펄쩍 뛰어올랐다.

팔이 짧아서 등을 다 어루만지지도 못하는 그는 억울하다
는 듯 소리쳤다.

"아니! 치사하게 이러시는 것이 어딨습니까!? 강매 안 하
신다면서요! 안 산다고 해서 채찍을 때리시는 건 진짜 아니
죠! 상도의 위반 아닙니까 이거!?"

할 말은 한다, 서세치! 장하다, 서세치!

주변 죄수들의 존경 어린 시선을 받으며 서세치는 목숨을
걸고 따졌다.

하지만 추이의 표정은 여전히 심드렁했다.

"안 산다고 때리는 것이 아니다."

"그럼요!?"

그러자 추이는 바닥을 향해 눈짓한다.

"……?"

고개를 돌린 서세치의 눈에 들어온 것은.

"……"

자신과 수레 사이에 연결되어 있는 무거운 쇠사슬이었다.

"휴식 시간 끝났어. 이제 다시 끌어라."

추이의 명령이 재차 내려졌다.

"……"

"……"

"……"

죄수들은 귀를 의심하며 멍하니 서 있었다.

설마 이 모양 이 꼬라지의 자신들에게 또 노역을 시키겠다고?

하지만.

"끌라고."

추이의 채찍은 일말의 가차도 없이 휘둘러졌다.

짜—악! 짜아악! 쩍!

멍하니 서 있던 죄수들 몇 명이 뒤이어지는 채찍 세례를 맞고 비명을 지르자, 그들은 비로소 현실을 파악할 수 있었다.

끼기긱…… 끼기기긱…… 드르륵— 드르륵—

육중한 수레들이 또다시 오르막길 위로 움직이기 시작한다.

또다시 길고 험난한 노역이 재개되었다.

……그리고 정확히 반 시진 뒤, 서세치의 울먹임 섞인 외침이 밤하늘에 울려 퍼졌다.

"천두님! 아까 참게 구이 얼마랬죠!?"

그러자 휘장 너머에서 추이의 대답이 들려온다.

"십 패리가."

죄수들은 생각했다.

수레가 산길을 올라가는 속도보다 물가가 올라가는 속도가 훨씬 더 빠를지도 모르겠다고.

음마투전(飮馬投錢) (1)

지평선 저 멀리, 어느덧 산맥의 그림자가 보인다.

아직 갈 길이 멀었지만 날씨는 벌써부터 혹한에 가까워지고 있었다.

"……."

추이는 마차에 앉아 운기조식을 하고 있는 중이었다.

'인백정의 창귀가 완전히 흡수되었다.'

인백정 가정맹. 그를 죽여서 창귀로 만들자 창귀칭의 경지가 폭증했다.

단 한순간에 이올(彝兀)의 제오 층계에 돌입하게 된 것이다.

'아마 인백정 놈이 흡수했던 창귀들의 힘도 어느 정도 함

께 흡수한 모양이군.'

이올의 사 층에서 오 층으로 넘어가려면 보통 오 년 정도의 수련이 필요하다.

그 과정에서 무수한 수의 영약을 복용해야 함은 물론이다.

하지만 인백정과의 싸움에서 추이는 이 모든 과정들을 확단축시킬 수 있었다.

지금껏 얻었던 모든 수확들 중 가장 큰 수확이었다.

부글부글부글부글부글부글……

추이의 손아귀 속에서 시뻘건 내공이 요동친다.

그것은 마치 가마솥에 담긴 혈액이 중앙에서부터 끓어오르듯 기포와 붉은 증기를 만들어 내고 있었다.

그때, 추이의 모습을 보고 있던 견술이 박수를 쳤다.

"축하해 예쁜아. 뭔가 깨달음을 얻었나 보네."

"……."

추이는 고개를 돌렸다.

그곳에서는 남궁율이 추이의 얼굴을 빤히 바라보고 있었다.

"신기해요, 추 소협은. 어떤 무공을 익히고 계신 것인지 도무지 짐작이 안 가니까요. 정도의 것인지, 사도의 것인지 아예 모르겠어요."

"먼 세외의 무공이다."

"해동 쪽인가요? 조부님께서 예전에 말씀해 주신 내용 중에 비슷한 이야기가 있었던 것 같아서."

견술과 남궁율은 창귀칭이 마공이라는 생각조차 못 하고 있었다.

그도 그럴 것이, 마공을 익힌 자는 으레 광인이 되어 폭주하기 때문이다.

바로 그때.

"천두니이이이이임!"

휘장 바깥에서 죽는 소리가 들려왔다.

서세치의 목소리였다.

그러자 견술이 벌떡 일어났다.

"이번에는 내가 나갈게."

추이는 별 상관 없다는 듯 여전히 눈을 감고 있었다.

견술은 휘장을 걷고 나가며 남궁율에게 한쪽 눈을 찡긋했다.

"그럼 두 분, 좋은 시간 보내세요."

"뭐, 뭐요? 뭐가요? 뭐를요?"

"암튼 보내시라구요~"

견술은 귀 끝이 빨개진 남궁율을 뒤로하고 밖으로 나왔다.

입가에 무시무시한 미소를 건 채로.

"어이- 견마들. 잠깐 정지!"

견술의 명령이 떨어지자 죄수들은 그 자리에 무너지듯 주저앉았다.

"수레를 안 끄는 건 좋은데……."

"따, 따, 땀이 식으니까 추, 추워……."

"그렇다고 다시 수레를 끌었다간 죽을 것 같아……."

"발바닥 손바닥 거죽이 다 벗겨졌다고……."

"차라리 죽여 줘……."

찬바람을 피해 바위 뒤로 옹기종기 모여 앉는 꼴이 퍽 가엾어 보이나, 사실 이들은 얼마 전까지만 해도 죄없는 양민들을 수탈하던 악질 범죄자들이다.

그 사실을 잘 알고 있는 견술이 해사하게 웃었다.

"이 새끼들 군기 빠진 것 봐라. 오늘 식사 안 할 거니?"

식사라는 말이 나오자 죄수들의 눈과 귀가 번쩍 뜨인다.

이윽고, 견술은 옆에 있는 수레로 가서 무언가를 부시럭부시럭 꺼냈다.

그것은 큼지막한 고깃덩어리와 커다란 나무통에 든 술이었다.

"오늘은 멧돼지 뒷다리 소금절임하고 화주를 팔겠다."

그 말에 죄수들의 눈이 돌아갔다.

"추이 천두님 만세! 견술 천두님 만세! 만세! 만세! 만만세!"

"근데 쪼끔 비쌀지도?"

"몇 패리가라도 사겠습니다! 제발 팔아만 주십쇼!"

"나는 분명 경고했다? 비싸다고 말이야."

이윽고, 견술은 돼지고기 살점을 한 주먹 뚝 떼어서 들어 올렸다.

그리고 한껏 감성적인 표정을 지으며 대사를 읊었다.

"자 날이면 날마다 오는 게 아닙니다. 일단은 장강 본류에 서부터 시작해 사람 사는 마을들을 거치고 설산까지 들어오는 과정에서 자연스럽게 염지된 고기고요, 꾸덕꾸덕한 맛에 육류 상인들도 없어서 못 먹는 제품이세요. 하지만 우리 죄수님들 성원에 잠깐 구매 기회를 여는 것이니 모두 상호 피해 없는 예의 바른 행동 부탁드릴게요. 일단 제 소개를 하자면, 저는 장강수로채의 천두 출신인 견술이거든요. 일단 저는 장사치가 아니기 때문에 막 흥정을 하시려는 모습을 보이시고 막 그러시면 상처를 받을 수 있으니 양해를 부탁드리고 싶네요."

그것을 듣는 죄수들은 하나같이 똥 씹은 표정이다.

'또 또 시작이네 저 미친놈.'

'빨리빨리 가격이나 말해, 이 또라이 새끼야!'

'어차피 미친 듯이 비싸겠지. 어휴, 저 도둑놈.'

이윽고, 오늘의 가격이 책정되었다.

견술이 큰 목소리로 외쳤다.

"이거 한 덩이에 삼십 패리가!"

은자로 따지면 무려 삼천 냥.

이 정도면 돼지고기 한 주먹이 아니라 거대한 돼지 농장을 살 수도 있는 금액이다.

……하지만.

"띠용!? 삼십 패리가?"

"저렇게 큼지막한 고깃덩어리가 겨우 삼십 패리가밖에 안 한다고?"

"삼십 패리가라니…… 견술 선생님 이제 장사 접어?"

"안 돼! 이러면 장사하는 사람들은 뭐 먹고 살아!"

"이거 완전 대박 싼 거 아니야!? 미쳤어! 저 정도면 거의 손해 보고 파는 수준이네!"

"와 멧돼지 고기랑 화주가 이 가격이면 역대급 가격인데. 대란 일어나겠다."

"초특가 할인이야아아! 당장 사야 해애애앳! 으아아아아 아! 다들 비켜! 내가 먼저야아아아아!"

"다들 흥분하지 말고 제대로 생각해 봐. 이걸 삼십 패리가 에 사? 사서? 만약 되판다 쳐도 사십 패리가. 헉, 그냥 팔아도 십 패리가 남네? 그냥 부자 될 기회를 제공해 주는 거 아냐?"

"솔직히 이건 가격 올려 받자. 이 가격이면 개나 소나 돈 없는 놈도 달려들어서 굳이 멧돼지 사는 의미가 없어."

그동안의 계속된 물가 상승에 죄수들의 금전 감각은 어딘 가 이상해져 있었다.

'지금 사는 것이 제일 싸다'.

추이는 이 명제를 지금껏 죄수들에게 각인시키고 또 각인시켰다.

처음에는 은자 백 냥 정도의 가격이었던 참게 구이.

그것이 나중에는 은자 이천 냥까지 치솟는 것을 본 죄수들이 그때 바로 사지 않았던 것을 얼마나 후회했던가.

그뿐이랴?

추이는 내킬 때만 가게를 열었다.

즉, 그 비싼 참게 구이마저 안 팔았던 날들이 빈번했었다는 말이다.

뭐든지 팔 때 사야 하고, 지금 사는 것이 가장 싸다.

죄수들은 앞 다투어 견술의 앞으로 몰려들었다.

"살게요! 다 주세요!"

"제발 저에게 팔아 주세요!"

"저는 웃돈 주고 살게요! 저 돈 많아요! 횡령도 진짜 단물까지 다 빨아먹어서 돈 많아요! 저는 진짜 사람 새끼가 아닙니다! 믿어 주세요!"

"아 왜 경매 아니야! 이건 불공평해! 돈 있는 놈이 더 살 수 있어야지!"

"난 두 상품 묶음 가격으로 해서 다 필요 없이 화주 하나만 부탁드립니다! 남는 돈은 가지세요! 부담 없이!"

견술은 그 모습들을 보며 양 손바닥을 가지런히 붙였다.

"처음 물건 구매하실 때는 인사말 예의 지켜 주시구요. 너무 빨리 잡거나 늦게 잡으시면 제품 구매는 무효로 처리되고, 환불은 어려우시구요. 제때 시간 맞춰서 딱딱 안 사 가시면 물건들 바로 폐기되세요~ 그게 가게 방침이라 양해 부탁드리겠습니다."

구조상, 죄수들은 이 물건들을 바로 살 수 없다.

물건들은 철저히 선불제로 운영되기 때문이다.

그래서 죄수들은 물건을 사기 위해서 먼저 종이와 지필묵을 들어야 했다.

"……."

서세치는 떨리는 손을 들어 붓을 놀렸다.

조카 서승과 서박에게…… 그때 삼촌이 돈 주면서 일단 너희들 명의로 몰래 사 놓으라고 했던 저택과 토지 기억하지? 그것들 싹 다 팔고, 판매 대금은 추이 천두님 이름으로 장강수로채에 기부해라. 다 관아에 신고해서 정식으로 처리 과정 밟고, 그 과정에서 세금 낼 것 있으면 투명하게 다 내라. 이 모든 일은 촌각을 다투는 일이니 한 치의 망설임도 없어야 할 것이다. 그리고 판매와 기부가 끝나고 나면 꼭 영수증 써서 보내라. 꼭. 반드시. 절대 잊으면 안 된다.

서세치는 편지 끝에 수결을 하고 피로 지장까지 찍어서 견술에게 들고 갔다.

견술은 그것을 확인해 본 뒤 전서구의 다리에 편지를 묶었다.

"좋아, 통과. 이건 이대로 보낼 거고, 전에 보낸 전서구에 답장이 오면 바로 돼지고기랑 화주 줄게."

"크흐흑! 잘 부탁드립니다."

서세치는 고개를 조아렸다.

저 전서구에 대한 답장은 며칠 뒤에나 올 것이다.

그러니 지금 있는 이 돼지고기와 화주를 먹기 위해서는 며칠 전에 보냈던 전서구에 대한 답신이 와야 한다.

그때.

푸드득–

며칠 전에 보냈던 전서구가 돌아왔다.

"오오오오오!"

죄수들의 열렬한 환호성을 받으며 도착한 전서구.

견술은 콧노래를 부르며 비둘기 다리에 묶여 있던 편지를 풀었다.

이윽고, 영수증들이 쫙 공개되었다.

견술은 감탄했다.

"이야. 집 똥간에 금괴, 장모님 집 벽에다가 보석, 친척들 이름으로 집, 토지 사 놓는 새끼들 이제 뭐 거의 애교네. 호호호– 암소 배 속에다 금괴 넣어 놓은 새끼는 뭐야 또. 어?

본인이 하겠다고 했다고? 말이 되냐? 소가 뭔 갑자기 지 배 속에다가 금괴를 넣어 달라고 해, 이 인간 말종 새끼야. 거기다 뭐야 이 새끼는? 부모님 관짝 속에 패물 숨긴 새끼. 그럼 패물 조금씩 파낼 일 있으면 그때마다 관도 꺼내냐? 그럴 때마다 부모님 얼굴 한 번씩 더 찾아뵙고 좋다고? 제정신 아닌 놈이네 이거."

죄수들이 평생에 걸쳐 피땀 흘려 횡령한 재화들이 모조리 환수된다.

견술은 영수증들을 철저히 확인하고 난 뒤에야 돼지고기와 술을 주었다.

"자, 지금처럼만 성실하게 돈을 내라고. 그럼 가죽옷도 주고, 털신발도 팔고, 털장갑도 낄 수 있게 해 줄 테니까."

죄수들은 환호한다.

"만세! 다음에는 꼭 털장갑을 팔아 주십시오!"

"저는 피부가 약해서, 혹시 동상에 좋은 약 같은 것은 없습니까요?"

"다른 것들은 상관없으니 술 좀 먹었으면 좋겠습니다! 돈은 얼마든지 있습니다요! 엄청 많이 빼돌려 놨걸랑요!"

하지만 돈이 없거나, 거짓으로 돈을 내겠다고 했다가 내지 못한 이들은 이번에도 쫄쫄 굶어야 했다.

"흑흑흑……."

서세치는 이번에 전자의 부류에 속하게 되었다.

존경하는 삼촌께…… 삼촌 지금 어디 계신가요? 삼촌이 상
행에 자원하신 뒤부터 집안이 난리가 났습니다. 삼촌이 그때
사라고 하셨던 집과 토지가 관아에서 설정한 전매제한 구역으
로 묶여서 앞으로 최소 육십 년간은 팔 수가 없다고 합니다. 삼
촌께서 빨리 오셔서 이것들을 좀 해결해 주셨으면 합니다. 보
고 싶습니다 삼촌, 빨리 와 주세요. 조카 서숭, 서박 올림.

결국 집도 땅도 못 팔았고, 돈도 없다는 뜻이다.

그 말인즉슨.

"으아아아아아아아! 내 고기! 내 술!"

오늘 서세치는 고된 노역 끝에 아무것도 못 먹게 되었다.

새벽 내내 소금바위만 핥으며 거기 맺힌 짭짤한 이슬이나
빨아야 하는 신세.

결국 서세치의 눈이 팩 돌아가고 말았다.

"이렇게 사느니 안 사! 안 사! 안 사고 안 살 거야! 사기도
싫고 살기도 싫으니까 그냥 죽여라 죽여!"

바로 그 순간.

서세치의 분노를 가라앉히는 것이 있었다.

짜—악!

등짝을 향해 떨어져 내리는 채찍이었다.

"우그기각꾸꾸까까!?"

서세치는 등가죽을 감싸며 바닥에 나뒹굴었다.

곧바로 유순해진 서세치의 앞으로 추이가 저벅저벅 걸어
왔다.

"사기 싫으면 말지 왜 진상을 떨어?"

"어…… 그, 그게요……."

"이래서 자영업 힘들다는 말이 나오는 거였군. 너 같은 갑
질 고객들 때문에 말이다."

서세치는 부들부들 떨며 울상을 지었다.

'진상…… 갑질…… 그건 이럴 때 쓰는 말이 아니라
고…….'

이 나이에 분해서 눈물 나기는 처음이다.

아니, 그 전에 등가죽이 쓰라려서 죽을 것 같았다.

바로 그 순간.

스팟-

죄수들의 머리 위로 무언가 스쳐 지나가는 소리가 들렸
다.

"……!"

견술의 눈이 사납게 변했다.

검을 손질하고 있던 남궁율 역시도 황급히 마차 밖으로 뛰
쳐나왔다.

"자객이에요!"

그 말대로였다.

검은 복면을 쓴 남자 수십 명이 창과 곤을 든 채 마차를 포

위하고 있었다.

"급시우 추이. 그 명성에 걸맞는 실력이 있는지 보러 왔다."

맨 앞에 있던 복면인이 창을 든 채 말했다.

이윽고, 추이가 느릿한 걸음으로 나섰다.

"나락곡이냐?"

"……?"

"아니로군."

추이의 눈에서 미약하게나마 빛나고 있었던 흥미가 곧 사라졌다.

견술이 말했다.

"보아하니 사도련에서 보낸 자객들인 듯한데."

"그렇다. 우리는 곤귀의 제자들이다."

다른 복면인이 대답했다.

곤귀 구강룡이 길러낸 제자들.

그들은 추이를 죽여 스승의 원수를 갚으러 온 것이다.

한편.

"으아아아…… 뭐야 이게, 뭔 일이야."

"우, 우리랑은 상관없잖아!"

"살려 줘! 저놈들 창 들고 있다고!"

죄수들은 잔뜩 겁에 질려 있었다.

서세치가 추이를 향해 외쳤다.

"사, 살려 주십쇼 천두님!"

그러자 추이가 느릿한 어조로 대답했다.

"아까는 살기 싫다면서?"

"예에!? 제, 제가 언제 그랬습니까요!? 물건 사기 싫다는 거지 인생 살기 싫다고는 안 했습니다!"

"분명 사기도 싫고 살기도 싫다 어쩌구 했던 것 같은데."

"그건 제가 앞니가 빠져서 발음이 샜던 거였습니다! 살려 주십쇼!"

죄수들은 벌벌 떨며 마차를 중심으로 모여들었다.

그런 죄수들에게 추이가 한마디 했다.

"격언."

또 시작이다.

죄수들은 질렸다는 표정으로 고개를 들었다.

추이의 격언이 이어졌다.

"교자채신(教子採薪)."

죄수들의 시선은 자동으로 서세치를 향한다.

서세치는 더듬더듬 해석했다.

"무슨 일이든 장기적인 안목을 가져라…… 가령 물고기를 잡아서 주는 것보다는 물고기를 잡는 법을 알려 주는 것이 훨씬 낫다…… 뭐 대충 그런 뜻 아닙니까요?"

그 말을 들은 추이는 고개를 끄덕였다.

"그렇다. 그래서 나는 자객들을 잡아 주는 것보다는……"

바로 그 시점에서, 추이는 옆에 있는 수레의 덮개를 걷었다.

그곳에는 칼과 창 등의 병장기들이 수북하게 쌓여 있었다.

"자객들을 잡는 법을 너희들에게 가르쳐 주겠다."

그러니까, 자기 몸은 자기가 직접 지키라 이거다.

자객들이 노리고 있는 추이가 죄수들 너머에 있으니 자객들로서는 죄수들을 먼저 죽인 뒤에 추이를 잡아야 한다.

죄수들은 영락없는 고기 방패가 된 것이다.

'으으으으…… 출발하기 전에 고기 방패 어쩌구 했던 것이 이 뜻이었구나!'

서세치를 비롯한 죄수들은 두 눈을 질끈 감았다.

저 자객들은 추이를 잡기 위해서라도 자신들을 먼저 죽일 것이다.

그렇다면 저 병장기를 써서 싸우는 수밖에 살아날 길이 없었다.

자신의 몸은 자신이 지켜야 하는 것이다.

결국, 서세치가 손을 뻗어 창 한 자루를 쥐었다.

바로 그 순간.

"……잠깐."

창을 가져가려는 서세치를 추이가 만류했다.

그리고 이내, 죄수들의 눈을 휘둥그렇게 만드는 한마디가 이어졌다.

"출혈 할인이다. 눈 딱 감고 일천 패리가에 가져가라."

진짜 출혈 사태를 눈앞에 두고, 추이가 새로운 장사를 시작한 것이다.

다음 권으로 이어집니다